겨울이 왔다.

나와 호랑이님 20

첩첩산중

제3부 나와 호랑이님 결(結)

카넬 지음
영인 일러스트

목차

시작하는 이야기

옛말에 수신제가치국평천하라 했다.

자신의 몸과 마음을 바르게 한 이만이 가정을 다스릴 수 있고, 가정을 다스릴 수 있는 자만이 나라를 다스릴 수 있으며, 나라를 다스릴 수 있는 사람만이 천하를 평화롭게 할 수 있다는 뜻이다.

어느새 내 좌우명이라고 해야 할까, 행동 수칙 같은 게 돼 버렸지.

……내가 따르기에는 첫 번째 조건부터 불가능에 가까운 말 같지만, 어떤 의미로는 몸과 마음을 바르게 가꿨다고 생각하니 넘어가자.

어떤 의미가 무슨 뜻인지는 알아서 생각해 주세요.

차마 제 입으로는 말 못 하겠습니다.

그다음은 가정을 다스린다는 건데.

나 정도면 집안의 가장으로서 충분히 자기 역할을 잘하고 있다 생각한다. 몇 차례 크고 작은 소동이 일어나긴 했지만 결국엔 잘 수습했고 그 일을 계기로 더욱 더 가족 간의 관계가 친밀해지기도 했으니까.

그런 의미에서 슬슬 내 꿈을 이루기 위한 새로운 한 발자국을 내딛어야 할 때가 온 것 같단 말이지.

그래.

인간과 요괴가 공존하고 화합하며 살아갈 수 있는 평화로운 세상을 이루는 것.

그래야 내가 모두의 축복을 받으며 사랑하는 이들과 이어질 수 있을 테니까.

그렇게 내 마음 속에 봄의 신부를 맞이하고 싶다는 따듯한 바람이 불어왔을 때.

어느덧 세상에는 시린 기운만이 가득 차 있었다.

첫 번째 이야기

온돌은 정말 위대한 난방 방식이라 생각한다.

겨울이라는 것을 깜빡 잊을 정도로 방 안이 따듯해지니까.

그게 어느 정도냐면 자기들이 고양잇과라는 것을 증명하겠다는 듯이, 아랫목에 자리를 잡은 랑이와 냥이가 서로 몸을 기댄 채 꾸벅꾸벅 조는 모습을 종종 볼 정도다.

랑이야 그렇다 쳐도 냥이까지 그럴 줄은 몰랐지.

보고 있자면 흐뭇해져서, 나도 옆에 슬쩍 앉아 엉덩이를 타고 오르는 온기와 랑이의 체온을 만끽하고 싶어지지만.

"딴생각 중이십니까, 주인님?"

안타깝게도 저는 일하러 제 방으로 돌아왔습니다.

현실이란 게 그렇게 녹록하지 않아서 말이죠.

아, 쉬고 싶다.

아, 놀고 싶다.

사람은 왜 일을 해야 하는 건가.

그런 마음을 가득 담아, 나는 지친 눈을 지그시 누르며 세희에게 말했다.

"······잠깐 쉰 거다."

"잠깐, 말이죠."

"1분 정도였잖아."

"저도 잠깐이라고 말했습니다."

너 혹시 어투라는 말 모르냐고 반박하려 했지만, 그래 봤자 돌아오는 건 정신적인 상처뿐일 테니까 관두자.

"그래, 내가 잘못했다."

나는 빠르게 항복한 뒤, 다시 손에 들고 있는 서류에 집중······.

[흘러가라~ 바람, 바람아~]

집중하려고 했는데 핸드폰 벨 소리가 울렸다.

응? 내게 전화라니. 별일이네.

"······세상에."

그렇다고 너까지 그렇게 말할 건 없잖아?

나는 마치 박물관에 전시되어 있는 공룡 화석이 살아 움직이는 모습을 본 것같이 놀라는 세희에게 말했다.

"야, 전화 좀 올 수도 있지. 뭘 그렇게까지 놀라?"

"지난 반년 동안 주인님께 전화가 온 경우가 몇 번이나 있었는지 생각해 보시기 바랍니다."

한 손으로도 셀 수 있지 않을까?

갑자기 할 말이 없어졌다.

[서로 가자~ 경찰서로 가자~]

"안 받으십니까."

"아, 그렇지."

나는 주머니에서 핸드폰을 꺼내 누구한테 온 전화인지 확인해 보았다.

핸드폰 화면에는 세 글자가 떠올라 있었다.

아버지.

……받지 말까?

아니, 그래도 자식 된 도리로써 오랜만에 온 아버지의 연락을 무시하는 건 아니겠지.

"하아……."

그렇다 해도 가슴속 깊은 곳에서 올라오는 커다란 한숨은 어쩔 수 없었지만.

나는 통화 버튼을 누르고 핸드폰을 귀에 댔다.

"예, 아버지."

핸드폰 너머로 익숙한 아버지의 음성이 들려왔다.

[너, 언제까지 그렇게 살래?]

시작부터 시비냐.

그동안 참을성과 인내심을 길러서 다행이다. 옛날 같았으면 바로 언성부터 높였을 텐데.

세희야, 고마워! 정말 고마워!

그렇다고 화가 안 나는 건 아니지만.

나는 울컥하고 속에서 치밀어 오른 감정을 지그시 누르며
대답했다.

"아버지가 할 말은 아니지 않나요?"

[너랑 나랑 같냐? 난 일개 작가고 넌 요괴의 왕이잖아? 그
런데 요괴의 왕이 됐으면, 어? 좀 하는 일이라도 있어야지.
세상이 이렇게 개판인데.]

피는 섞이지 않았을지언정 사람의 속을 이렇게나 잘 긁는
걸 보면 아버지는 세희와 남매가 맞아.

"개판까지는 아니거든요?"

지금도 뉴스에서 간간히 정체도 모르는 요괴 같은 녀석들
과는 못 살겠다느니, 지금까지 요괴의 존재를 은폐한 정부 측
에 책임을 묻는 시위나 데모가 일어나긴 한다. 인간과 요괴
사이에서 일어나는 문제를 전담하는 특별 부서가 생겨났다는
이야기도 있었고.

나도 이걸 어떻게든 해결해야겠다고 고민하고 있다고.

……겨울이 올 때까지 뭘 했냐고요?

바빴습니다! 발설지옥에 가기도 했고, 기린과 만나기도 했
고, 선배 견우분들과 만나서 이것저것 물어보기도 했고, 이래
저래 바쁜 나날이었다고.

하지만 지금은 그런 변명이나 하고 있을 때가 아니다.

내가 아버지의 아들이며, 항렬상 세희의 조카라는 사실을
증명해야 하니까.

"것보다 말이죠. 그렇게 말씀하시는 아버지께서는 1년에 책

은 몇 권이나 내십니까? 예? 작가시잖아요? 듣자 하니 웹 소설은 일일 연재가 기본이라고 하던데요? 연재는 잘하고 계세요? 예? 전 억지로라도 매일매일 일하고 있는데 말이죠."

핸드폰 너머로 당혹감과 분노가 섞인 아버지의 목소리가 들려왔다.

[이, 이놈이?! 내가 호랑이 새끼를 키웠구먼! 내가 호랑이 새끼를 키웠어!]

"키운 건 호랑이 남편이겠죠."

게다가 반쯤은 나 혼자 자랐고.

[오호?]

언제 화를 냈냐는 듯 아버지의 목소리가 능글맞아졌다.

"됐고, 갑자기 전화는 왜 했는지나 말씀하세요. 일하던 도중이었으니까."

일하는 시간에 **쓸데없는** 통화로 시간을 오래 잡아먹자 세희가 옆에서 째려보기 시작했거든.

[아, 별건 아니고.]

"그렇게 말한 뒤에 절 지리산에 보냈던 거, 잊지 않았습니다."

[남자 놈이 무슨 속이 그렇게 좁냐.]

"잊지 않았다는 거지, 원망하고 있다는 말은 안 했거든요?"

[말빨이 늘었다?]

자연스럽게 얼굴이 찌푸려졌다.

"말빨이 뭐예요, 말빨이. 그럴 때는 말솜씨라든가 언변이라든가, 뭐, 좋은 말 있잖아요."

[누가 아들하고 얘기할 때 그런 말을 쓰는데?]

그러니까 제가 어렸을 때 입에 욕을 달고 다녔죠.

그렇게 말하고 싶었지만 아버지가 한발 빨랐다.

[어쨌든 너도 요괴의 왕이 된 지 좀 지났잖냐?]

이제 한 반년 정도 지났지.

하루하루 조용한 날이 없어서 체감상으로는 10년 정도는 흐른 것 같지만 말이야.

잠시 기억을 돌이키며 감회를 되새기고 있자니.

[그런데 지금까지 뭐 하고 있는 일이 없는 것 같아서 걱정이 이만저만이 아니다.]

아버지가 내 정신이 번쩍 들게 만들었다.

"걱정…… 된다고요? 아버지가? 저를? 왜요?"

잠시 정적이 흐른 뒤 아버지가 말했다.

[왜라니. 아버지가 아들 걱정하면 안 되냐?]

"오히려 제가 걱정되네요. 무슨 일 있습니까? 건강이 안 좋아졌다든가? 드디어 어머니께서 아버지를 포기하셨다던가?"

아버지가 나를 걱정한다고 말을 하는 경우는 거의 없으니까.

[없어. 이 아비는 잘 지내고 있다. 응. 아주 잘 지내고 있지.]

믿을 수가 없군.

나는 혹시나 모를 가능성을 염두에 두고 작은 목소리로 말했다.

"만약 누군가에게 협박받고 계신다면 밥은 먹었냐고 말씀해주세요."

[스피커로 통화 중인데 무슨 소리야. 그리고 협박은 무슨 협박이냐. 세희가 그 정도도 신경 안 쓸 것 같냐?]

옆에서 세희가 인상을 찌푸리는 걸 보니까 아버지 말이 맞는 것 같다.

젠장. 괜한 걱정했네.

"……하긴 그러네요."

[아들아.]

"예."

[통화가 길어지니 슬슬 본론만 이야기하고 끊으마.]

얼핏 생각하면 내가 했던 말과 비슷해 보이지만, 그 안에는 다른 뜻이 담겨 있다. 하고 싶은 말만 하고 일방적으로 전화를 끊고 싶다는 뜻이니까.

"그냥 끊으셔도 되는데요. 아니, 그냥 끊죠."

[하하하, 이 녀석. 농담도 잘하는구나. 하하하.]

"하하하, 아버지. 농담이 아닌데요. 하하하."

잠시 오간 웃음소리가 거짓말 같이 뚝 끊겼을 때.

[그래서 너 인마, 언제까지 하는 일도 없이 놀고 있을래?]

아버지가 다시 한번 내 속을 긁었다.

내가 두 번은 못 참지.

"일이 없기는 뭐가 없어요? 지금도 일하다가 전화받았는데! 제가 매일매일 얼마나 많은 양의 요괴들의 청원서 같은 걸 읽고, 확인하고, 서명하고, 대비책을 생각하는지 아십니까?"

그뿐일까!

아버지한테 말은 못하지만, 지옥에서 돌아온 이후 **매일매일 몸과 마음을 단련하고 있다고!**

하지만 아버지는 딱 잘라 말했다.

[잡일이잖아.]

"아니거든요!"

[세희한테 시켜도 되는 일이니까 잡일 맞다.]

나는 고개를 돌려 세희를 보며 핸드폰을 손가락으로 가리켰다.

아버지가 이런 어이없는 말을 했는데 넌 가만히 있을 거냐?

그런 뜻이었지만, 세희는 그저 미소만 지은 채 방관할 뿐이다.

[애초에 그건 네가 어느 정도 요괴들에 익숙해질 수 있도록 세희가 준비한 일일 테고 말이지.]

……그러고 보니 비슷한 이야기를 예전에 들었던 것 같기도 하고, 아닌 것 같기도 하고.

기억이 애매하네.

잠시 기억을 되새기고 있는 내게 아버지가 말했다.

[이제 슬슬 너도 요괴의 왕으로서 한 단계 더 나아가야 할 때가 됐다고 생각하지 않냐?]

어떻게 반박할까 잠깐 고민했지만, 좀 더 진지하게 고심해 보니 아버지의 말씀이 그리 나쁜 이야기는 아닌 것 같다. 정체되어 있어서는 내 꿈에 다가갈 수 없으니까.

그래서 나는 말했다.

"어떻게요?"

아버지께서 말씀하셨다.

[그건 네가 생각해야지.]

아니, 아버지가 말했다.

"……아버지."

[뭐, 인마? 떫으냐? 떫으면 너도 애 낳든가~ 손자 교육에는 손 안 댈 테니까~]

손을 부들부들 떨고 있는 내게 아버지가 말했다.

[그래도, 아들아.]

그것도 꽤 진지한 목소리로 말이지.

"왜요."

[넌 모르겠지만, 이런 식으로 간섭하는 것도 나한테는 꽤 큰 각오가 필요한 일이다. 네 엄마는 너 때문에 발에 땀나게 돌아다니면서 이런 쪽으로는 엄해서 말이야. 사고만 안 나면 네가 어떻게 행동하는지 지켜보기만 할 생각인 것 같고.]

"어쩌다 거는 전화로 사람 속만 긁는 아버지보다는 외교 쪽으로 신경 써 주고 계시는 어머니께서 더 아들을 위해 주시는 것 같습니다만."

[그야 당연하지. 나도 내가 쓰레기 같은 인간이라는 건 알거든.]

아버지가 호탕하게 수긍하자 거짓말같이 화가 가라앉았다. 이런 걸 병 주고 약 준다고 하는 거겠지.

그런 내게 아버지가 말했다.

[뭐, 됐고. 슬슬 너도 왕으로서 무슨 대규모 정책이라거나, 장기적으로 차후를 바라보는 계획 같은 걸 생각해 보라는 말

이 하고 싶어서 전화했다.]

믿을 수가 없는데.

지금 내게 전화 건 사람, 우리 아버지 맞아?

나는 핸드폰을 귀에서 뗀 뒤 의심에 찬 눈으로 바라보았지만, 그런 것과 상관없이 아버지의 목소리가 들려왔다.

[아, 그건 그렇고. 너 이제 인간 아니라며?]

내가 이런 성격인 건 분명 아버지의 핏줄에도 영향이 있을 거야.

"예."

[고통만 가득 찬 삶을 오래 살아 뭐 하려고. 대충 살다 죽지.]

아버지…….

"그런 말에 동감하기에는 제가 아직 17살입니다."

하루하루가 행복하기도 하고.

[너희 집에 있는 애들 나이 다 더한 다음에 나눈 평균이 네 나이라고 생각해.]

그게 무슨 말도 안 되는 소리냐고 말하려다가, 나는 아버지가 전하고 싶었던 속뜻이 있다는 걸 깨달았다.

아버지는 내게 혼자 생각하지 말라는 뜻을 전하고 싶은 거 아니었을까?

……아버지의 헛소리에 어떻게든 의미 부여를 하려 해 봤지만, 무리였습니다.

"알았어요."

하지만 난 수긍했다.

더 이상 통화를 길게 끌고 싶지는 않았으니까.

[그래? 뭘 알았는지는 모르겠지만 알았다니 다행이다. 야. 그럼 끊는다.]

"예. 건강하세요."

통화가 끝나기 전에 아버지의 낮은 웃음소리가 들린 것 같다.

나는 핸드폰을 매너 모드로 바꾼 뒤 주머니 속에 집어넣으며 세희에게 말했다.

"어떻게 생각해?"

"인간 말종치고는 꽤나 제대로 된 조언이긴 합니다만……"

"합니다만?"

"조금 의외로군요. 인간쓰레기 오라버니가 자신의 망상과 아집의 집합체나 다름없는 감정의 배설물이 아닌, 주인님께 신경을 쓰신다는 게 말이죠."

사실 나도 그래.

아버지는 자기 글을 제외하면 다른 거에 신경을 쓰는 일이 거의 없으니까.

나는 이미 한 번 지워 버린 가능성을 살짝 비꼬아서 다시 꺼내 봤다.

"아버지한테 무슨 일이 생겼을 가능성은 없냐?"

"쓰레기 제조업자인 오라버니께서 말씀하신 대로 제가 보낸 요괴들이 있으니 신변의 안전 쪽은 걱정하실 필요 없습니다."

나는 고개를 저었다.

"꼭 나쁜 일이 있으라는 법은 없잖아?"

입꼬리가 살짝 올라간 세희가 말했다.

"그럴 수도 있겠군요."

뭐가 '그럴 수도 있겠군요~'야.

이미 그럴 가능성도 염두에 뒀을 녀석이.

"한번 조사해 보겠습니다."

하지만 세희가 알아봐 준다고 했으니 이 이야기는 이 정도로 하자. 나중에 세희가 언급하면 그때 생각하지, 뭐.

"그와 별개로 한번 진지하게 생각해 보실 법한 일입니다."

세희가 신경 쓰이는 말을 했으니까.

"진지하게?"

"주인님께서 요괴의 왕이 되시고 난 뒤 반강제적으로 업무에 열심인 것은 사실이나, 세간의 무지몽매한 이들은 그 사실을 모르고 있다는 것이 현실이니까요."

그러니까, '세상아! 요괴의 왕은 제대로 일하고 있다!' 같은 보여 주기식 정책 같은 것도 필요하다는 건가? 물론 제대로 된 정책이라는 전제하에.

음.

아버지와 달리 세희가 말하니까 설득력이 넘치는군.

"난 괜찮을 것 같은데, 네 생각은 어때?"

하지만 이 녀석의 제안에 함정이 도사린 적이 한두 번인가.

내 조심스러운 질문에 세희는 살며시 고개를 숙이며 말했다.

"아직은 업무를 통해 요괴들에 대해 좀 더 배우시는 것이 좋다 생각했지만, 슬슬 걸음마를 시작할 때가 온 것 같기도 합니다."

지금까지는 엉금엉금 기어 다녔다는 거지.

"알았어. 그러면 아이들 좀 모아 줘."

이런 일은 혼자 생각해서 정할 수 없으니까.

나는 의자를 뒤로 밀고 자리에서 일어나려고 했지만.

"그 전에 해야 하실 일이 있을 것입니다."

세희가 다시 의자를 앞으로 밀었다.

쳇. 들켰나.

그렇다고 단번에 포기할 생각은 없지만.

"……일은 나중에 하면 안 될까? 왜, 쇠뿔도 단김에 빼라는 말도 있잖아."

세희는 아무 말 없이 책상 위에 쌓여 있는 서류를 가리켰고, 나는 군말 없이 펜을 들었다.

* * *

머리 아픈 서류 작업을 끝낸 뒤.

아버지의 전화 덕분에 갑작스럽게 열린 가족회의에서, '대외적으로 어필할 수 있으면서 인간과 요괴의 화합에 도움이 되는 정책을 생각해 보자.'라는 안건에서 가장 먼저 입을 연 건 나래였다.

"하긴, 나도 그런 생각은 하고 있었어. 평범한 사람들이 보기에는 네가 요괴의 왕이 된 다음 계속 지리산에 틀어박혀 지내는 것처럼 보일 테니까."

평범한 사람들이 보기에는 말이지.

국제 테러리스트로 낙인찍힌 냥이를 보호하기로 하고, 곰의 일족을 웅녀와 나한테서 독립된 기관으로 만들면서 나래를 수장으로 삼고, 세희와의 일로 저승도 갔다 온 나지만, 이해한다.

보통 사람들이 그런 일을 어떻게 알겠어?

"거기다 언니들, 아, 곰의 일족 언니들한테 이제 슬슬 사회가 안정되어 가고 있다는 보고도 올라왔으니까 지금이 적기일 것 같기도 하고."

적어도, 예전 같은 대규모 시위나 테러 행위 같은 건 드물어졌다고 나래는 덧붙여 말했다.

[나도 좋을 것 같음.]

나래 다음으로 손을 들고 의견을 말한 건 페이였다.

[요괴넷에서도 성훈에 대한 불만이 이제는 많이 줄어들었음. 뭔가 하려면 지금이 딱 좋음.]

페이가 가슴을 펴고 콧대를 높이며 글을 덧붙여 썼다.

[역시 내가 요괴넷에 올린 동영상이 효과 만발이었음!]

나는 과거에서 도망치기 위해 현실에 집중하기로 했다.

"그러면 좋은 의견 있는 사람?"

냥이가 불도 붙이지 않고 물고만 있던 담뱃대를 재떨이에 딱, 내려놓으며 말했다.

"네놈은 요괴의 왕이 누구라 생각하느냐?"

나.

"하지만 삼국지 같은 거 읽어 보면 유비도 제갈량한테 조언을 구하고 그러던데?"

냥이가 나 보란 듯이 아미를 찌푸리며 말했다.

"그들은 먼저 자신의 의견을 말한 후에 조언을 구했을 것이다."

나는 황희 정승의 일화를 받아들여 고개를 끄덕인 뒤 말했다.

"그러면⋯⋯."

잠깐 생각해 본 것치고는 꽤 좋은 생각이 떠올라서, 나는 자신만만하게 말했다.

"영화나 드라마 같은 걸 만들면 어떨까?"

그런데 왜 이렇게 분위기가 싸하냐.

"아니, 왜, 그런 거 있잖아. 요괴와 인간을 주인공으로 이야기를 만들면, 자연스럽게 서로에게 익숙해지지 않겠어?"

예를 들어, 인간과 요괴의 연애 드라마 같은 거 말이야. 도깨비라든가 구미호 같은 건 사람들에게도 익숙하니까 영상 매체로 만들기 좋지 않을까?

랑이와 아야가 영화관에서 처음 영화를 봤을 때 눈을 떼지 못한 일도 있었고.

"하아⋯⋯."

하지만 내 생각을 부정하는 한숨 소리가 세희의 입에서 나왔다.

"문화 쪽을 떠올린 것은 덜떨어진 주인님의 머리에서 나온 것이라 볼 수 없을 정도로 좋은 생각입니다만, 일단 영화는 보류하시는 것이 좋을 것 같습니다."

"응? 왜?"

세희가 그것도 모르겠냐는 듯, 한심하다는 시선으로 나를 내려다보며 말했다.

"영화 자체가 인간의 문화이기 때문입니다. 잉여 자원을 이용해 잉여한 삶을 살고 있는 인간들이라면 모를까, 요괴들은 쉽게 접하기 힘들 것입니다."

그, 그래?

"무엇보다 인간의 과학 문명에 익숙하지 못한 요괴들이 대다수입니다. 가족분들 중에서도 그런 분이 계시다는 걸 모르십니까?"

세희의 말에 나는 고개를 돌려 치이를 보았다.

치이가 내 눈치를 살피며 살짝 고개를 끄덕였다.

"아우우우, 그런 거예요. 저도 폐이가 아니었다면 이 정도로 익숙하지 못했을 거예요. 그런데 다른 요괴들이 영화관에서 영화를 본다는 건 많이 힘들 것 같은 거예요."

아, 그렇지.

깜빡했는데, 보통 요괴들의 생활 수준은 인류와 비교했을 때 백 년은 넘게 뒤처진 느낌이다.

요괴들에게는 과학 대신 요술이 있고, 무엇보다 문화를 즐기는 것보다는 자신의 힘을 기르는 데 집중하는 게 그 이유가 아닐까.

거기에 들어가지 않는 폐이가 글을 썼다.

[알고 보니 내가 Special한 거였음…….]

흠…….

저거, 스페셜이라고 읽는 거 맞지?

점점 떨어지는 학력에 고민하는 것보다는 건설적인 쪽으로 생각을 돌리는 게 낫겠지.

"그러면 인간과 요괴, 양쪽이 쉽게 접할 수 있으면서 서로를 이해하는 데 도움이 되는 쪽으로 생각해 봐야겠네."

그런 게 뭐가 있을까?

책?

접근성이 너무 낮은 건 둘째 치고, 세희가 질리지도 않고 쓰고 있는 이상한 소설이 떠올라서 싫다.

잠깐, 그런데 말이다.

그 이상한 소설을 계속 쓰는 거, 이 상황을 예측하고 시작한 건 아니겠지?

……에이, 아니겠지. 설마.

그렇게 나와 냥이를 제외한 가족들이 곰곰이 생각하고 있던 때.

"이런 건 어떤가요, 성훈?"

예상외로 성의 누나가 가장 먼저 의견을 말했다.

"응? 어떤 거?"

"사람과 요괴가 함께 모여 생활하는 수련회를 여는 거예요."

……사람이란 자신의 기억, 경험, 지식을 기반해서 사고를 펼치는 경향이 있지.

아마도 성의 누나는 견우성에서 견우들을 재교육시켰던 경험을 토대로 생각해 본 것 같다.

"수련회?"

"그래요."

그래요, 에서 끝나시면 안 됩니다, 성의 누나. 그래서야 무슨 이야기인지 제대로 알 수가 없잖아요.

그런 생각을 하고 있자니.

"엄마, 아빠가 수련회가 뭔지 모르고 있어."

성의 누나의 품에 안겨 있던 성린이 오해를 살 만한 말을 했다.

"성훈은 수련회가 뭔지 모르나요?"

성의 누나는 성린의 말을 그대로 믿은 건지 눈이 동그랗게 변했고.

"아니? 아는데?"

성린이 살짝 앞으로 나온 입술을 움직여 말했다.

"그러면 왜? 왜 그렇게 생각했어, 아빠?"

왜 인간과 요괴의 사이를 화목하게 만들기 위한 수련회를 열자는 성의 누나의 의견을 이해할 수 없었냐고?

그야, 내가 수련회에 대한 좋은 추억이 없어서 그렇지.

문명의 이기와 동떨어진 산골의 곰팡이 냄새 나는 낡은 시설 같은 곳에 2박 3일 동안 처박아 놓고서 사소한 일로 트집을 잡아서 몇 십 분 동안 기합이나 주고, 밥은 입안에서 따로 놀고, 반찬은 맵고 짠데다가 양도 적고, 자유 시간은 치이의 머리카락에 들어간 흰색 브릿지 정도밖에 없고, 마지막 밤에는 부모님의 소중함을 떠올려 보라고 하면서 캠프파이어나 하는 곳이라는 인식이 박혀 있어서 말이다.

참고로, 나는 주위에서 울먹이는 소리가 들렸을 때 하품으로 흘러나온 눈물을 닦고 있었다. 평소라면 옆구리를 찔렀을 나래도 우리 집 사정을 알기에 곤란한 표정만 지었지.

내 옆에서.

어쨌든 내가 하고 싶은 말은, 인간과 요괴들을 수련회 같은 곳에 보내도 그다지 좋은 결과는 안 나올 것 같다는 거다.

"엄마! 아빠가 싫대! 수련회는 안 된대! 엄마가 말했는데! 아빠 나빴어!"

우리 딸, 아빠하고 엄마 사이가 서먹해지는 걸 바라는 건 아니지? 분명 나는 그렇게 생각하긴 했지만, 세상은 결과를 내기까지의 과정이라는 것도 중요한 법이란다.

"그런가요……."

열의를 가지고 의견을 낸 성의 누나가 한눈에 봐도 알 수 있을 정도로 침울해졌기에, 나는 급히 손을 휘저으며 말했다.

"아니, 그게 아니라, 누나. 수련회라는 취지, 그러니까 사람과 요괴가 한곳에 모여서 서로를 알아 가는 레크레이션…… 다시 말해서 같이 노는 시간을 가진다거나 장기 자랑 같은 걸 하자는 의견은 좋을 것 같아. 하지만 꼭 수련회라는 방식을 선택할 건 없다고 생각했던 것뿐이야."

기운 없는 성의 누나를 위한 빈말이 아니라는 것을 증명하기 위해, 나는 성린에게 시선을 돌리며 말을 이었다.

"그렇지? 응? 성린아. 아빠가 한 말 맞지?"

동의를 구한 내게 성린은 성의 누나를 쏙 빼닮은 눈을 깜빡깜빡하다가 내게 말했다.

"아니?"

"……."

아파.

주위의 시선이 아파.

자기 보신을 위해 어린아이를 이용하려고 한 인간쓰레기를 보는 시선이라 무지막지하게 아파.

"지, 진짜야! 그런 식으로 생각하려던 도중에 성린이 생각을 읽고 말한 거라고!"

가족들의 차가운 시선에서 벗어나기 위해 변명 아닌 변명을 했을 때.

"무엇이 사실인지는 차치하고, 주인님께서 말씀하신 대로 성의 님의 의견은 심도 있게 고민해 볼 만한 주장이었습니다."

의외인 곳에서 구원 투수가 등판했다.

"응?"

고개를 돌리자 세희가 차려진 밥상도 못 처먹느냐는 듯한 표정을 하고선 내게 말했다.

"인간과 요괴를 한곳에 모아 서로를 알아 가는 시간을 가지도록 한다는 말씀 말입니다."

인간쓰레기 취급에서 벗어나기 위해 급히 한 말이었지만 세희의 말대로 그렇게 나쁜 이야기는 아니었지.

원래 서로를 이해하거나 친해지는 기본은 서로와 시간과 장소를 공유하는 것부터 시작하니까.

"크응? 정말 그럴까?"

하지만 고개를 갸웃거리며 의문을 제시한 아야 덕분에 살짝 불안감이 들었다.

아, 아니었어? 보통 그런 식으로 친해지는 거 아니야?

"그랬다가 싸움이라도 나면 어쩌려고 그래, 이 단세포야? 홧김에 요술 한 번 잘못 쓰면 사람 다치는 건 순간이란 말이야. 쿵."

아, 그쪽 이야기였구나.

남모르게 안도의 한숨을 쉬고 있자니, 옆에서 차가운 바람이 불어오는 느낌이 들었다.

창호지가 발린 미닫이문이지만 요술 덕분인지 완벽한 난방을 자랑하는 우리 집이다. 그런데 어디서 이렇게 추운 바람이 불어오는 거야? 누가 문이라도 열었나?

"키, 키이잉…… 내, 내가 뭐 틀린 말 했어, 이 무시무시야?"

답은, 세희였습니다.

"이런, 실례했습니다. 아야 님의 말버릇에 대해 뭐라 할 생각은 없었지만, 제가 주인님과 같은 급으로 취급당했다는 사실에 저도 모르게 감정을 드러내고 말았군요."

단세포라 불려서 살짝 화가 났나 보네. 표정은 어느 때와 다를 것 없이 보이지만 몸에서 뿜어져 나오는 기운은 밖에서 부는 바람과 비슷할 정도로 차가웠다.

……그 기운을 잘 갈무리한 덕분에, 당사자인 아야와 얼떨결에 돌 맞은 개구리 꼴이 된 나를 제외하면 아무도 느끼지 못한 것 같지만.

지금 냥이의 옆에 딱 달라붙어서 졸린 눈으로 늘어지게 하품을 하고 있는 랑이나, 성의 누나의 품에서 몸을 흔들흔들 움직이며 초롱초롱한 눈을 빛내는 성린이나, 볼에 손가락을 대고 진지하게 고민하고 있는 치이를 보면 알 수 있다.

그러던 치이가 지금 막 생각이 끝났는지 몸을 살짝 앞으로 숙인 채 귀 위 머리카락을 파닥이며 내게 말했다.

"요력이 약한 애들만 모으면 되는 거예요! 그러면 싸움이 일어나도 크게 다치는 일은 없을 거예요! 안 그런가요, 오라버니?"

내가 뭐라 대답하기도 전에 페이가 연기로 X를 썼다.

[그래 봤자 뭐 함?]

"아우우우? 사람하고 요괴가 친해질 수 있는 거예요. 그런데 왜 의미가 없는 건가요?"

[힘 약한 요괴가 사람하고 친해져도 요괴들 사이에서는 별의미 없음.]

소꿉친구의 반론에 치이의 고개가 푹 꺾였다.

"……그러고 보니까 그런 거예요."

대부분의 요괴들은 힘을 숭상하니까 말이지.

우리 집 아이들이 특별한 경우라 볼 수 있다.

그걸 기반으로 생각하면, 안타깝지만 페이의 말이 사실이다. 힘이 약한 요괴들만 모아서 사람들과 친하게 지내게 해 봤자, 다른 요괴들에게 영향력을 끼친다는 것은 기대하기 힘들다.

내가 요괴의 왕이 된 후.

요괴들이 인간 세상을 활보하고 다님에도 큰 사건이 일어나지 않고 있는 건, 곰의 일족분들이 노력해 주신 것도 크지만…….

랑이의 존재가 절대적인 영향을 끼치고 있다 할 수 있다.

지금 아랫목에 앉아 꾸벅꾸벅 졸고 있는 랑이가 밖에서는 무시할 수 없는 영향력을 지니고 있다는 뜻이지.

어이쿠, 저러다 침 떨어지겠다.

"쯧."

내 시선을 느낀 냥이가 손수건을 꺼내 랑이의 입가를 닦아 주는 것과 동시에, 나래가 다른 의견을 냈다.

"그러면 요력이 강한 요괴와 약한 요괴를 모으는 대신, 통제하는 인원을 두면 되지 않을까? 물론 처음에는 별로 안 좋게 받아들이겠지만, 사람과 요괴, 양쪽의 안전을 위해서 어쩔 수 없는 일이라고 양해를 구하면 괜찮지 않겠어?"

다시 말하지만, 사람은 자신의 기억, 경험, 지식, 그리고 지위에 기반해서 사고를 펼치는 경향이 있습니다.

곰의 일족의 수장이라는 입장을 잘 살린 나래의 주장에 표정을 찌푸린 건 세희였다.

"근거 없는 통제를 좋아할 이는 사람과 요괴, 어느 쪽에도 없을 것입니다. 양쪽의 안전을 위한 통제 역이라 한들, 실상은 감시나 다름없습니다. 무엇보다 아직 시안 단계에 불가합니다만, 제대로 된 정책으로 가닥이 잡히고 세상에 공표하고 지원자를 모집한다면 주인님의 행보에 어느 정도는 긍정적인 생각을 가진 분들이 지원을 할 것이란 말이죠. 그런데 그런 분들에게, 너희들이 사고 칠지도 모르니까 감시한다고 했을 경우. 오히려 그들의 반감을 사지 않을까 우려됩니다."

내가 듣기에는 세희의 걱정도 일리 있어 보인다. 나래도 그 사실을 아는 것 같지만······.

세희가 너무 길게 말했기 때문일까, 아니면 사람을 화나게 만드는데 최적화된 목소리와 말투 때문일까.

나래가 살짝 이마에 힘줄을 드러내며 말했다.

"그래서 말했잖아. 양쪽의 안전을 위해서라는 양해를 구한다고. 이게 어떻게 근거 없는 통제인데? 그리고 승낙을 못 하겠다면 인원에서 제외하면 되잖아?"

세희가 살짝 한쪽 입꼬리를 올리며 말했다.

"오늘부터 나래 님의 일거수일투족을 감시하도록 하겠습니다. 주인님의 동정을 지키기 위해서 말이죠. 이에 동의하지 못하시겠다면 나래님께서는 이만 이 집에서 나가 주셨으면 합니다."

"얘 좀 봐? 언제는 안 한 것처럼 이야기한다?"

"증거 있습니까?"

"정황 증거라면 있는데?"

"그렇습니까? 법정에서 효력이 인정되기를 진심으로 기원하겠습니다."

"잘 됐네. 이번 기회에 더 이상 나하고 성훈이의 사생활을 침해할 수 없게 해 주겠어."

다른 애들은? 다른 애들은 괜찮은 겁니까, 나래 님?

뭐, 저것도 여느 때와 같은 농담이겠지만.

저승을 갔다 온 후에 나래와 세희가 사소한 말다툼을 벌이는 경우가 예전보다 더 늘어나기도 했고.

그만큼 사이가 좋아진 거라는 반증이겠지.

……그렇게 생각해도 되겠죠?

[할 말 있음.]

나래와 세희가 이를 드러내고 있음에도 페이가 태평한 모습으로 손을 들며 글을 쓴 걸 보니 그쪽이 맞는 것 같다.

어쨌든 나래와 세희의 신경을 다른 곳에 돌릴 수 있는 거리가 생긴 건 좋은 일이다.

"뭔데?"

페이가 화살표로 한쪽을 가리키며 글을 썼다.

[이거 중요한 이야기 같은데, 안 깨워도 됨?]

페이가 그린 화살표의 연장선을 향해 모두의 시선이 옮겨졌다.

거기엔 아랫목에 앉아서 냥이의 어깨에 기댄 채 쿨쿨 졸고 있는 랑이가 있었다.

하지만 랑이에게 시선이 집중된 건 한순간이었다.

랑이의 지지대 역할을 해 주고 있던 냥이가 담뱃대를 치켜 들었으니까.

"깨우긴 뭘 깨운단 말이냐. 흰둥이는 이대로 놔두어라."

이상하군.

나는 냥이에게 말했다.

"나름 중요한 이야기 중인데, 네가 그런 말을 하고 웬일이냐?"

냥이가 혀를 찼다.

"언제나 예외는 있는 법. 나라고 언제나 흰둥이에게 엄하게 굴지는 않으니라."

네가 랑이를 엄하게 대하는 걸 보는 게 더 힘들다고 생각하지만, 일단 넘어가자.

"지금은 왜?"

그것도 모르겠냐는 듯, 냥이가 불편한 기색을 숨기지 않고 꼬리로 바닥을 탁탁 치며 말했다.

"몰라서 묻느냐?"

나는 고개를 끄덕였다.

말은 안 했지만 다른 가족들도 나와 같은 마음인 것 같고.

그 반응이 더욱 더 마음에 안 들었는지, 냥이가 다시 한번 꼬리로 바닥을 치며 말했다.

"이런 추운 겨울날. 따스한 아랫목에 앉아 답이 정해져 있지도 않은 복잡한 이야기를 나누고 있는데 우리 흰둥이가 찬란한 황금보다 아름다운 눈을 반짝이며 언제까지고 집중할수 있다 보느냐?"

힘들죠, 그건.

"오히려 지금은 잠기운을 이겨 내려 노력했으나, 어쩔 수 없이 이 믿음직스럽고 의지할 수 있는 언니의 어깨에 기댄 채 살짝 잠든 모습을 대견하다 생각해야 할 것이니라."

중간에 이상한 말이 껴 있긴 하지만, 나는 고개를 끄덕였다.

사람에게는 정해진 한계라고 할까, 정신력으로는 극복할 수 없는 일이라는 것도 있으니까.

왜, 그런 거 있잖아.

시험 기간 때 벼락치기라도 하기 위해서 책상 위에 앉았는데 몰려오는 졸음을 참지 못하고 나도 모르게 꾸벅 잠들어 버리는 일.

지금의 랑이가 그런 상황인 거다.

음.

오늘 회의는 이 정도로 끝내는 게 좋을 것 같다.

지금 당장 결정해야 할 일도 아니고, 랑이도 좀 편하게 재우고 싶으니까.

"그러면 오늘은 여기까지 할까?"

내 말에 나래가 낮은 한숨을 쉬었다.

"너무 어리광 받아 주는 거 아냐?"

그렇게 볼 수도 있겠지만…….

선인(先人)께서 말씀하시길.

사람이란 졸릴 땐 자고, 배고플 땐 먹어야 하는 법이라 하셨다.

누가 그런 말 했냐고?

우리 아버지.

"아직 잠이 많을 때잖아."

"말은 잘해요."

나는 어깨를 으쓱하며 가족들에게 말했다.

"그러면 회의는 여기서 끝. 혹시 뭔가 좋은 생각이 나면 나한테 이야기하러 와 줘. 알겠지?"

그렇게 가족회의를 끝낸 뒤.

나는 이것저것 많은 생각을 한 덕분에 과열된 머리를 식히기 위해 마루로 나갔다.

우왓, 추워.

12월의 지리산은 며칠 전에 내린 눈으로 새하얗게 물들어 있었다. 담벼락 밑에는 치워 놓은 눈이 수북하니 쌓여 있었고, 처마 끝에는 기다란 고드름이 뾰족하니 얼어 있다.

저대로 놔두면 조금 위험할지도 모르겠네.

내가.

나는 마당에 놓인 신발장에서 신발을 꺼내 신었다.

가을까지만 해도 대청마루 아래에 신발을 놓고 다녔지만, 날이 추워지자 세희가 소매에서 꺼낸 이 신발장은 말이죠.

세상에!

영하의 온도에서도 신발을 따뜻하게 보관할 수 있는 신기한 물건이랍니다!

정말이지, 요술은 최고야!

"웃차."

요술을 못 쓰는 나는 마당 구석에 놓여 있는 빗자루를 들어 처마에 얼어 있는 고드름을 치웠다.

조금 아깝기는 하지만, 이 나이에 고드름 가지고 칼싸움을 할 수는 없잖아?

우리 집에서 고드름으로 칼싸움을 하면 그건 단순한 애들 장난이 아니게 될 것 같기도 하고.

아마, 어렸을 때 봤던 무협 영화의 한 장면처럼 되지 않을까 싶다.

……살짝 보고 싶어지는데.

"뭐 하세요, 도련님?"

그런 얼빠진 생각을 하고 있자니 어느새 바둑이가 내 등 뒤에 와 있었다.

"아, 좀 위험해 보여서."

바둑이가 아무 말 없이 산산조각이 난 고드름을 내려다보았다.

……혹시 길어질 때까지 기다렸다가 가지고 놀 생각이었나?

고개를 숙이고 있으니 표정을 읽을 수가 있어야지.

다행이 그런 이유는 아니었다.

"잘하셨어요, 도련님!"

나를 올려다보는 바둑이의 입가에는 환한 미소가 걸려 있었으니까.

"도련님은 약하니까요! 잘못 맞으면 죽을 수도 있잖아요?"

"아니, 그 정도로 약하지는 않아."

고드름에 정통으로 맞아 봐야 피부가 좀 찢어지는 정도겠지. 어딘가의 추리 만화처럼 살인 사건이 일어나지는 않을 거다.

"그러면 도련님!"

"응?"

어느새 바둑이의 시선이 내가 들고 있는 빗자루를 향하고 있었다.

"저랑 놀아 주세요!"

빗자루로?

혹시 빗자루를 던지면 물어, 아니, 집어 오는 놀이라도 하자는 건가?

왠지 놀이가 아니라 운동이 될 것 같은데.

왜, 창던지기 같은 거 있잖아.

그리고 바둑이는 오랜만에 내 인간성을 위험에 빠뜨렸다.

"도련님이 빗자루로 제 엉덩이를 때……."

"바둑아. 그런 거 말고 다른 거 하면서 놀자, 응? 그래, 눈싸움은 어때? 아니면 밖에서 눈사람 만들기라든가? 아, 산책도 좋겠네."

바둑이의 눈동자가 반짝이고 꼬리가 격하게 흔들린다.

"정말요?"

휴.

바둑이의 관심을 다른 쪽으로 돌리는 데 성공했군.

"그래. 점심 먹기 전까지지만."

살짝 풀이 죽은 바둑이가 말했다.

"우웅…… 그러면 산책은 안 되겠네요……."

점심 먹을 때까지 한 시간은 남았다, 바둑아.

"눈싸움은 도련님이 다칠 수도 있으니까 안 되고요."

보통 눈 뭉치에 돌이라도 넣지 않는 이상 다칠 일은 없겠지만, 바둑이의 말을 부정할 수가 없었습니다. 우리 집이 세상의 상식과 조금 많이 떨어져 있는 곳이라서 말이죠.

"그러면 같이 눈사람 만들어요!"

그런 의미에서 눈사람은 괜찮겠지.

갑자기 눈사람이 제멋대로 움직인다든가, 삼단 변신을 한다든가, 눈 요괴로 변한다든가.

그런 끔찍한 일은 없을 거라 믿는다, 바둑아.

"그래. 그럼 난 장갑이랑 옷 좀 입고 올게."

"예! 다녀오세요, 도련님!"

신나게 꼬리와 함께 손을 흔드는 바둑이를 뒤로 하고, 나는 내 방으로 가서 옷걸이에 걸려 있는 패딩을 입었다.

……조금 다른 이야기지만.

날이 추워진 후, 우리 집에서 옷차림이 확연히 두터워진 건 나와 나래밖에 없다.

랑이의 배는 여전히 훤히 드러나 있고, 치이의 저고리는 어깨에 걸쳐 있다는 뜻이지.

달라진 게 있다면 옷에 털이 달린 것 정도?

그나마 페이와 아야는 옷 위에 뭔가를 걸치긴 했지만, 추워 보이는 건 매한가지다.

당연히 나는 세희에게 아이들 감기 걸릴 일 있느냐며 따뜻한 옷으로 갈아입히자고 말했다.

말했는데.

"괜찮습니다. 안주인님과 떨거지들이 밖에서 활동하실 때는 세희 특제 온도 유지 요술을 사용할 거니까요."

그런 어이없는 대답을 들었다.

여름의 고생은 도대체 무엇이었던 건가.

뭐, 나야 아이들이 몸 상하는 일만 없으면 괜찮지만.

지금까지 입고 있던 옷이 익숙한 것도 있는 데다가, 여러모로 눈이 즐……

크흠!

그것보다 장갑은 서랍장에 있겠지?

나는 아무 생각 없이 서랍장을 열었다.

그리고.

"빨간 장갑 드립니까, 파란 장갑 드립니까?"

"깜짝이야!!"

아무리 지금까지 별의별 일을 다 겪은 나도 서랍에서 양손에 장갑을 들고 튀어나온 세희를 보고서는 놀랄 수밖에 없었다.

"공포 영화냐?!"

세희가 정말 드물게 눈을 휘둥그레지게 뜨며 말했다.

"이걸 용케 아십니다?"

"아니, 너 말이야, 너! 공포 영화 찍냐고!"

왜 거기서 혀를 차는데?

지금은 심장이 멈출 뻔한 내가 화를 낼 상황 아니냐고!

"세대 차이가 나서 놀려 먹는 보람이 없는 주인님이로군요."

"그런 데서 보람 찾지 마라."

아니, 지금 이런 말 할 때가 아니지.

바둑이가 마당에서 기다리고 있으니까.

"그것보다 장갑이나 줘."

"주인님께 필요한 건 장갑이 아니라 안경인 것 같습니다만."

그래, 네가 들고 있는 게 뭐로 보이냐는 거지.

나는 아무 생각 없이 세희가 들고 있는 파란 장갑을 향해 손을 뻗으려다가.

세희의 입가가 아주 살짝, 비틀린 것을 볼 수 있었다.

……불안해.

나는 내 눈을 믿기로 했다.

"너, 장갑에 무슨 장난친 건 아니지?"

"장갑에 장난이라니, 아저씨 개그가 많이 느셨군요."

"말 돌리지 말고."

"묵비권을 행사하겠습니다."

갑자기 가위바위보의 보를 내고 싶어졌지만, 세희가 경멸에 찬 시선으로 날 바라볼 게 뻔하기 때문에 관뒀다.

대신 나는 파란 장갑 대신 빨간 장갑을 받아서 손에 꼈다.

"귀마개와 목도리는 필요 없으십니까, 주인님."

"그렇게 춥지는 않으니까."

"그러다 감기라도 걸리면 어쩌시려고 그러십니까."

그렇게 말한 세희가 소매에서 빨간 목도리와 귀마개를 꺼냈다.

"다른 분들 걱정 끼치지 마시고 이거라도 걸치시지요."

나는 의심에 가득 찬 눈으로 세희를 바라보았다.

세희가 나를 걱정해서 방한 도구를 챙겨 주는 게 이상해서 그런 건 아니다.

세희는 예전부터 티 나지 않는 수준에서 나를 신경 써 줬으니까.

하지만, 이 망할 녀석을 저승에서 끌고 온 다음에는 지금처럼 대놓고 나를 걱정하는 경우가 늘어났다.

……사람을 개복치 키우듯이 하는 것을 걱정해 준다고 말한다면 말이지.

예를 들어, 젖은 수건이면 되는 걸 바득바득 우겨 가습기를 설치해 준다거나. 손목을 다치면 안 된다고 일할 때는 손목 보호대를 채우거나. 숙면을 위해 수면 양말을 신으라고 한다거나.

뭐, 이런 사소한 것들 말이다.

처음에는 당황했지만, 그런 일들이 계속되자 나를 고생시킨 것에 대한 죄책감 때문이라고 생각하게 되었다.

즉, 지금 내가 세희를 의심하는 부분은 목도리와 귀마개를 꺼내 준 것이 아니라 그 색이 모두 빨간색이라는 것이다.

나는 세희에게 물었다.

"만약 내가 파란색을 골랐으면 어떻게 할 생각이었냐."

세희가 손목을 살짝 털자.

어머나, 놀라워라!

귀마개와 목도리가 파란색으로 변했어요!

세희는 이것으로 대답이 되었냐는 듯 다시 한번 손목을 털어 색을 변화시켰다.

"아, 그래."

나는 더 이상 군말 없이 세희의 배려를 받아 주기로 했다.

"장난치는 건 아니지?"

한 번 더 확인하고.

"속고만 사셨습니까?"

"응."

"이미 주인님을 가지고 논 것으로 만족했으니 걱정하실 것 없습니다."

한마디로 장갑의 색 그 자체가 세희의 배배 꼬인 장난이었다는 말이다.

"……그것참 고맙구나."

"아셨으면 됐습니다."

밖에서 바둑이가 기다리고 있을 테니, 지금은 내가 봐준다.

절대로 싸워 봤자 나만 손해 볼 것 같아서가 아니야.

"그럼 난 간다."

"즐거운 시간되시기 바랍니다, 주인님."

나는 다시 서랍 속으로 사라진 세희를 뒤로하고 마당으로 나왔다.

* * *

마당에는 주인이 자리를 비운 바둑이집만이 있었다.

……잠깐, 그런 눈으로 보지 마.

난 이야기했다? 날도 추워졌으니까 이제 그만 집 안으로 들어오라고?

하지만.

"저는 집을 지켜야 하니까 괜찮아요, 도련님! 수백 년 동안 계속 밖에서 지내기도 했고요!"

그렇게 거절당했다고! 바둑이가 마당에서 지내는 건 내 잘못 아니야!

나름 방한 대책도 마련해 줬다고!

난 나래와 상담한 뒤, 마당에서 겨울을 보낼 바둑이를 위해 바둑이 집을 좀 개조했다. 크기를 좀 더 키우고, 두터운 솜이 불을 가져다주고, 바닥에는 요술 매트를 깔고 벽에는 요술 난로를 설치해서 겨울밤을 따듯하게 지낼 수 있도록 말이야.

그건 그렇고 바둑이는 이미 집 밖으로 나간 것 같다.

그리고 난 벗었던 신발을 신발장에 넣는 걸 깜빡했다는 사실도 깨달았다.

"으~"

발이 좀 시리네.

나는 조금 걸음을 빨리해서 대문 밖으로 나섰다.

새하얀 눈밭과 거기서 농구공만 하게 커진 눈덩이를 굴리고 있는 바둑이. 그리고 언제 나왔는지 모를 성린이 바둑이를 따라다니며 있었고, 그 모습을 성의 누나가 흐뭇하게 바라보고 있었다.

그리고 내 시아의 한편에는.

경비 초소 주변에 쌓인 눈을 한창 치우고 계시는 군인 형님들이 계셨습니다.

충성! 이 추운 날씨에 정말 고생하십니다!

곰의 일족 누님들과 요괴들도 어딘가에 숨어서 이쪽을 지켜보고 있다고 할까, 감시하고 있겠지만 그래도 요술을 못 쓰는 군인 형님들보다는 상황이 낫겠지.

영하로 떨어지는 밤에는 휴대용 손난로나 코코아같이 몸을 따뜻하게 해 주는 것들을 선물해 드리지만, 그렇다 해도 추위를 조금 더는 정도일거다.

이 추운 겨울에 정말 고생하시는 군인 형님들에게 마음속으로 감사의 인사를 드리고 있을 때.

"어? 아빠 왔다!"

성린이 큰 소리로 외치며 나를 손가락으로 가리켰다.

물론, 절대영도에서야 추위를 느끼는 성린은 맨손이었습니다.

손가락도 코끝도 빨개지지 않은 게, 혼자만 다른 세계에서 살고 있는 것 같다니까?

"오셨어요, 도련님?"

"아, 미안. 좀 늦었네."

"괜찮아요! 성린이하고 같이 만들고 있었거든요!"

"응! 바둑이하고 같이 만들고 있었어!"

……내가 보기에는 성린은 바둑이의 뒤를 쫄래쫄래 따라다니고 있었던 것 같지만 말이다.

"아니야! 나도 만들었어!"

그렇게 말하는 성린의 발치에는 앙증맞은 눈덩이 하나가 있었다.

"응, 응. 그래. 알았어."

바둑이의 뒤를 따라가면서 발로 살짝살짝 밀고 있었나 보다. 이미 바둑이가 한번 눈을 밀고 간 뒤라 그리 커지진 못한 것 같지만.

"아빠보다는 커!"

나야 지금 나왔으니까.

"바둑이보다 크게 만들 거야!"

성린의 선전 포고에 바둑이가 귀를 쫑긋거리며 말했다.

"그럼 저도 성린보다 더 크게 만들 거예요!"

"안 돼! 바둑이는 나보다 크게 만들면 안 돼!"

"저도 크게 만들고 싶은 걸요?"

성린이 팔을 들어 바둑이의 머리를 쓰다듬으며 말했다.

"바둑이 착하지? 내 말 들을 거지? 응?"

"헤헤헤, 알겠어요. 성린은 도련님의 딸이니까요."

……뭐랄까.

집에서 기르는 강아지를 잘 달래면서 함께 노는 아이 같은 모습이군.

그렇다 해도 바둑이가 앞장서서 눈덩이를 굴리는 것과 성린이 그 뒤를 따라다니는 건 변하지 않았지만.

나는 그 모습을 흐뭇하게 지켜보다가 정신을 차렸다.

"그러면 나도 만들어 볼까?"

나는 살짝 주저앉아서 두 손으로 눈을 단단히 뭉쳤다. 이제 눈이 쌓인 곳에 굴리기만 하면 되겠지.

그렇게 눈사람을 만들 준비를 하고 있을 때.

"이제는 그런 못된 장난은 안 칠 거죠?"

어느새 다가온 성의 누나가 갑작스러우면서도, 가볍게 듣고 넘길 수 없는 말을 꺼냈다.

……지금 내 등골에서 식은땀이 흘러내리는 건 성의 누나가 지금 하고 싶은 말이 뭔지 알 것 같았기 때문이지. 하지만 나는 제발 그것만은 아니라고 빌면서 성의 누나에게 말했다.

"으, 응? 무, 무, 무슨 장난?"

추위 때문이 아닌 다른 이유로 덜덜 떠는 내게.

"나래에게 들었어요."

성의 누나는 너무나 평온한 목소리로 말했다.

"성훈이 어렸을 때 나래가 정성껏 만든 눈사람을 발로 차 버린다거나."

윽.

"흙탕물을 끼얹는다거나."

크억.

"눈사람에 눈을 많이 붙여서…… 혐오. 그래요, 혐오스럽게 만든 적이 있다고요."

끄아아아악!!

애정 결핍으로 삐뚤어진 시절 나래에게 했던, 그런다고 그 질 나쁜 장난에 면죄부가 생기는 건 아니지만, 인생의 흑역사가 성의 누나의 입에서 나오자 나는 그대로 눈으로 뒤덮인 땅 위에 엎어질 수밖에 없었다.

나래 님, 죄송합니다. 정말 죄송합니다.

이미 과거에 용서받은 일이지만, 그래서 나래도 성의 누나에게 말한 거겠지만, 그래도 다시 한번 사과드립니다.

"……."

그러는 사이 성린이 바둑이에게 빨리 아빠한테서 멀어져야 한다는 목소리가 들려와서 타격이 네 배가 되었습니다.

과거의 행실에 고개를 못 들고 있는 내게 성모 마리아와 같은 성의 누나의 자애로운 목소리가 들려왔다.

"왜 그랬나요, 성훈?"

나는 고해 성사를 하는 죄인의 심정으로 성의 누나에게 사실을 있는 그대로 말했다.

"관심…… 받고 싶었습니다."

어떻게든 다른 사람들의 관심을 받고 싶었지. 그러다 보니 점점 장난이 도를 지나치게 되었고.

내 이야기를 들은 성의 누나는 굶어 죽어 가는 한 마리의 들개에게 향할 법한 측은한 시선으로 나를 바라보았다.

"아니, 그게……."

덕분에 죄책감에서 벗어나 민망함에 몸을 떨게 된 나는 겨우 몸을 일으켜 성의 누나를 바라보며 말할 수 있었다.

"사실, 어렸을 때 성격이 나빴던 거도 있어."

"그럴 리가요."

성의 누나는 믿지 못하는 눈치다.

이렇게까지 나를 좋게 생각해 주셔서 감사하긴 합니다만…….

양심의 가책이!

연녹색빛 눈망울로 바라보며 의아해하는 성의 누나를 보고 있자니 양심의 가책이!!

"아니, 진짜야. 지금도 그렇게 좋은 성격은 아니잖아?"

랑이를 만난 뒤에도 몇 번이나 어렸을 때의 성격이 드러난 적도 있으니까 말이지.

떠올리는 것만으로도 부끄럽다.

마침 날도 추워졌겠다, 폭포 밑에서 수양이나 쌓으러 갈까?

그렇게 밀려오는 흑역사에서 벗어나기 위해 삶의 마침표를 끊는 방법을 생각하고 있자니.

"전 그렇게 생각하지 않아요, 성훈."

성의 누나가 말했다.

"성훈의 심성이 착하고 바르다는 건 이미 견우성에서 알게 된 사실인걸요."

……그, 그렇습니까.

견우성에서도 착하게 지냈던 것 같지는 않은데 말이지.

내가 마음속으로 쉽게 받아들이고 있지 못하고 있는 걸 알았는지, 성의 누나가 말을 이어 했다.

"무엇보다 성훈이 정말 나쁜 아이였다면, 제게 그런 이야기를 해 줬을 때 나래가 그립다는 듯 웃었을 리가 없어요."

나래가 내 못된 장난을 추억으로 삼아 줬다는 이야기를 듣고서야 나는 고개를 들 수 있었다.

"고마워, 누나."

추운 날씨 때문인지 화끈거리는 얼굴을 말이지.

"사실을 말했을 뿐이에요. 성훈이 다른 사람에게 사랑받고 싶어 했던 **안타까운** 아이였다는 사실을 말이죠."

맞는 말씀입니다만, 그래도, 음.

안타까운 아이는 조금 아니지 않습니까?!

"사실, 지금도 좀 그런 면이 있어."

그래서 나는 남아 있던 죄책감을 고이 마음 한구석에 모셔 두고, 슬쩍 성의 누나의 허리를 끌어안아 내 쪽으로 바짝 당겼다.

"하읏?"

갑작스러운 스킨십에 성의 누나가 깜짝 놀라 귀여운 비명을 내뱉었다. 두꺼운 패딩 너머로도 성의 누나의 체온이 느껴지는 것 같은 기분이 드는군. 내 목덜미에 봄의 향기가 담긴 숨결이 닿는 건 그저 기분 탓이 아닌 것 같고.

무엇보다 이런 한겨울에도 얇은 옷을 입고 있어서 그럴까? 장갑 너머로 느껴지는 성의 누나의 매끄러운 허리 라인이 부드럽게 눌리는 감촉이 너무나 기분 좋다.

장갑을 벗고 싶을 정도로.

아니, 그건 너무 욕망에 충실한 것같이 보이니까 관두자.

"그러니까 이래도 괜찮지?"

그 대신 나는 성의 누나의 귓가에 속삭이듯 말했다.

"하으으으……."

성의 누나가 몸을 움찔 떨고 눈을 질끈 감으며 낮은 신음성을 흘렸다.

……장난은 여기까지 하자.

성의 누나의 모습을 보고 있자니, 강철 같은 이성으로 봉인하고 있는 내 안의 흉포한 짐승이 아우우우~! 하면서 고개를 들 것 같아서 말이야.

"뭐, 그건 그렇고 나도 눈사람 만들어야지~"

나는 허리에 두른 팔을 놓고 다시 눈덩이를 살살 밀며 앞으로 걸어갔다.

그제야 겨우 눈을 뜬 성의 누나를 뒤돌아보며 나는 말했다.

"왜 그래, 누나? 무슨 일 있었어?"

"서, 성훈이 할 말인가요?"

"응."

나는 대답과 함께 살짝 혀를 내밀었다.

"……."

이제야 내가 장난을 쳤다는 걸 깨달았는지 성의 누나의 볼이 다른 의미로 빨개졌다.

"정말! 성훈은 나쁜 아이예요!"

흥, 흥, 귀엽게 콧김을 내쉬며 성의 누나가 따라왔다.

그런데 조금 신경 쓰이는 게……

내가 잠깐 성의 누나에게 장난을 치는 동안 성린과 바둑이가 어디론가 사라졌다.

남아 있는 건, 언제 랑이만큼 크게 만들었는지 모를 눈덩이 두 개뿐. 큰 건 바둑이가 만든 거고, 작은 건 성린이 만든 거겠지…… 가 아니라.

바둑이야 당연하고, 성린도 성의 누나의 딸이니 만큼 걱정할 일은 없겠지만 눈에 안 보이니까 신경 쓰인다.

"성의 누나. 혹시……"

"몰라요!"

성의 누나가 팔짱을 끼며 휙! 고개를 돌렸다.

"아직 묻지도 않았는데."

"나쁜 장난만 치는 성훈에게는 대답 안 할 거예요."

누나라고 볼 수 없을 정도로 귀엽게 느껴졌지만, 지금은 일단 넘어가자.

"성린하고 바둑이가 안 보여, 누나."

"대답 안 할 거라고……"

질문이 질문인 만큼 무시할 수 없었는지 성의 누나가 주위를 둘러보았다.

"그러네요."

그렇게 말한 성의 누나가 두 눈을 감았다.

잠시 후, 성의 누나가 내게 말했다.

"걱정할 것 없어요, 성훈. 눈사람 만드는 데 필요한 것들을 찾으러 간 거니까요."

"그래? 그러면 다행이고."

눈사람 만드는 데 필요한 거라면, 아마 나뭇가지나 돌 같은 걸 주우러 간 것 같다.

그러면 나도 아이들이 돌아오기 전에 조금이라도 눈사람다운 눈사람을 만들어 볼까.

성의 누나와 함께 아기 눈사람 정도는 만들 수 있을 정도로 눈을 뭉쳤을 때.

"할 이야기가 있어요."

같이 눈을 굴리던 성의 누나가 내게 말을 걸었다.

"응?"

허리를 펴고 옆을 돌아보자 성의 누나가 어느 때와 다른 진지한 표정으로 나를 바라보고 있었다.

······왜 그러지?

내가 무슨 잘못이라도 했나?

조금 전에 친 장난이 도가 지나쳤나?

머릿속에서 이런저런 걱정이 밀려왔을 때, 성의 누나가 조심스럽게 내게 말했다.

"다시 한번 생각해 주면 안 될까요?"

성의 누나와의 대화는 즐겁지만, 때때로 세희보다 그 속뜻을 알아듣기 힘들 경우가 있다.

이럴 때는 어림짐작하지 않고 솔직하게 물어보는 게 좋지.

"뭘?"

"제가 했던 이야기요."

"……내가 나쁜 아이라는 거?"

성의 누나의 볼이 새빨개졌다.

날이 춥기 때문은 아닐 테고, 그렇다고 화가 난 것 같지도 않다. 아마도 내가 했던 못된 장난이 떠올라서 그런 것 같네.

"왜 그렇게 되는 거죠?"

"으음~"

나는 일부러 어깨를 으쓱한 뒤 성의 누나에게 말했다.

"성의 누나하고 나눴던 대화가 너무 많아서 그런 걸지도?"

알고 있습니다.

느끼하다는 거.

일부러 다른 사람이 들으면 좀 손발이 제구실을 못 할 것처럼 말해 봤다. 이래야 성의 누나가 자신이 하고 싶은 말을 편히 할 수 있을 테니까.

"……정말."

그런데 왜죠? 왜 홍조가 더 붉어지는 건가요? 성의 누나, 저를 이해시켜 주세요.

하지만 성의 누나는 내 이해를 돕는 대신 두 손으로 얼굴을 가리며 말했다.

"지금은 그런 이야기를 하고 싶은 게 아니에요."

그 모습을 보니 짓궂은 농담을 치고 싶어졌지만, 성의 누나가 하고 싶은 이야기가 무엇인지 궁금해서 말이야.

"알았어. 그러면 어떤 이야기를 하고 싶은데?"

성의 누나가 말했다.

"수련회요."

……아직 마음에 담아 두고 계셨습니까, 성의 누나.

"그게, 누나. 성린이 조금 잘못 말해 줘서 그렇지, 나도 누나 생각이 나쁘다고 한 건 아니야. 아니, 오히려 좋다고 생각해. 정말로."

살짝 당황했지만, 이럴 때도 내 혀는 잘 굴러가는구나.

하지만 성의 누나는 조용히 고개를 저었다.

"위로해 주지 않아도 괜찮아요."

성의 누나는 살짝 미소를 지으며 말을 이었다.

"저도 수련회라는 방법은 그다지 좋지 않다는 생각이 들었거든요."

그렇게까지 말하면 내가 할 말이 없지.

이미 회의 중에 오고 갔던 의견 속에서 부정할 수 없는 몇 가지 단점이 부각된 게 사실이니까.

그렇다면, 성의 누나는 왜 다시 수련회에 대한 이야기를 꺼낸 걸까?

"하지만……."

그런 내 의문에 대답해 주겠다는 듯, 성의 누나가 나를 똑

바로 바라보며 말했다.

"제가 성훈과의 대화를 통해 성훈이 견우가 아닌 한 명의 성훈이었다는 것을 알게 된 것처럼, 인간과 요괴들에게도 같은 기회가 있었으면 좋겠다는 생각은 변함이 없어요. 비록…… 언급. 그래요. 언급했던 대로 작은 다툼과 오해가 생길지도 모르지만……."

성의 누나가 내 손을 잡아 왔다.

장갑을 끼고 있지만 성의 누나의 체온이 피부에 닿았다.

"성훈과 저처럼 그들도 극복할 수 있다고 믿어요."

겨울과는 어울리지 않은 화사한 꽃을 피우며 성의 누나가 말했다.

"견우를 관리해야 했던 견우성의 의지였지만, 결국 성훈을 사랑할 수밖에 없었던 저는 그렇게 생각해요."

성의 누나의 진실된 마음을 받아들인 나는 그저 고개를 끄덕일 수밖에 없었다.

"나도 그래."

실제로 내 가족들은 그런 크고 작은 오해와 다툼과 갈등 속에서 이루어졌으니까.

종(種)이라는 큰 틀에 속한 인간이나 요괴가 아닌, 한 명 한 명의 인격체로 마주보면서 말이야.

"말해 줘서 고마워, 누나."

"괜찮아요, 성훈."

"……."

"......."

그, 그런데 뭘까요.

이 분위기는.

분홍빛 세상에서 서로 마주보고 있자니 뭐라도 해야 할 것 같은데. 적어도 뭐랄까, 그, 사랑하는 두 사람이 손을 맞잡고 서로를 바라보다가 하는 경우가 많은 점막 접촉 말이야.

"............."

성의 누나도 나와 같은 생각이 들었는지 살포시 두 눈을 감았다.

기분 탓인지 누나의 탐스럽고 붉은 입술이 평소보다 아주 살짝 앞으로 나온 것 같은데, 이거 그거죠?

이대로 해도 된다는 거죠?

그래서 나는 손에 살짝 힘을 주고, 움찔거린 성의 누나의 반응을 느끼며, 그대로…….

"도련님, 저희 왔어요."

우라아아아앗!!

"와, 왔어?"

"버, 벌써요?"

나와 성의 누나는 깜짝 놀라서 서로의 손을 놓고 목소리가 들려온 쪽을 바라보았다.

그곳에는 눈사람 만들 재료를 찾으러 갔던 바둑이와…….

뭔가 뚱한 표정의 성린이 그곳에 있었다.

……아, 실수했다.

왜, 아직 어린 아이들이 부모님의 사랑을 독차지하고 싶어 하는 그런 거 있잖아. 성린의 기분이 안 좋아 보이는 건 아마…….

"그런 거 아니야."

스스로 아니라고 합니다.

아니, 지금 이게 중요한 게 아니지!

"으, 응? 그런 게 아니라니?"

성린이 살짝 가라앉은 목소리로 대답했다.

"엄마가 아빠하고 뽀뽀한다고 했어. 그래서 바둑이한테 좀 늦게 가자고 했는데 말 안 들어서 그래."

나는 고개를 돌렸다.

성의 누나가 두 손으로 붉게 물든 얼굴을 가린 채 고개를 숙이고 있었다.

"모, 몰라요!"

저는 알 것 같습니다만.

성의 누나가 무슨 마음이었는지.

하지만 이럴 때 무슨 말을 해야 할지는 나도 잘 모르겠다.

그렇게 잠시 고민하고 있던 사이.

"하지만 어쩔 수 없었어요! 빨리 도련님한테 보여 주고 싶었으니까요! 성린도 그렇다면 어쩔 수 없다고 했잖아요?"

성린이 살짝 볼을 부풀리며 뚱한 목소리로 말했다.

"……그건 말 안 하기로 했잖아."

"아! 깜빡했어요!"

"다음에도 이러면 화낼 거야."

"알겠어요. 미안해요."

"응, 그럼 됐어."

"헤헤헷."

성린과 바둑이가 귀여운 말싸움을 벌인 뒤 화해까지 순식간에 해 버렸다.

그래, 이거다.

자연스럽게 둘의 대화에 끼어들어 화제를 넘기…… 는 게 좋을 것 같았는데 말이다.

마음의 여유가 생기자 지금까지 시야에 들어오지 않았던 것들이 보여서 그럴 수 없었다.

왜냐고?

성린과 바둑이의 손에는 여기 있어서는 안 되는 것들이 있었거든.

나는 목구멍에서 튀어나오려는 비명을 억지로 삼키고서 있는 힘껏 평정을 가장하며 말했다.

"……너희, 그거 뭐냐?"

바둑이가 오른손에 든 것을 번쩍 들며 말했다.

"눈사람 팔로 쓸 거예요!"

나중에 찾아봤는데.

그것의 정식 명칭은 대한민국 국군 국방 규격 K-2 돌격 소총이라 했다.

"이건 눈사람 눈이야!"

성린이 왼손에 들고 있는 건 군용 수통의 뚜껑이었고.

"모자도 가져왔어요, 도련님!"

"응! 눈사람한테 모자도 주고 싶었어!"

두 아이가 번쩍 든 건 군용 방탄모라고 합니다.

"잘했지, 아빠?"

"잘했죠, 도련님?"

나는 아무런 말도 할 수 없었다.

"잘했어요, 성린. 그리고 바둑이. 눈사람도 기뻐할 거예요."

성의 누나는 조금 전까지 아무 일도 없었다는 듯이 성린과 바둑이의 머리를 쓰다듬어 주었지만 말이야.

나는 현실을 잊고 싶어서 잠시 먼 곳을 바라보았다.

……저 멀리 사색이 된 군인 형님들께서 거친 숨을 내쉬며 눈밭을 뛰어오고 계셨습니다.

적어도 열 명은 되어 보이네요.

저 멀리서 헬리콥터 소리도 들리고요.

음.

나는 이 곤란한 상황을 가장 깔끔하게 정리할 수 있는 녀석의 이름을 불렀다.

"세희야아아아~ 도와줘어어어~"

두 번째 이야기

깊은 한숨을 쉰 세희가 뒷수습을 한 뒤.

가족들과 점심을 먹은 나는 바로 내 방으로 돌아왔다. 평소라면 아이들과 놀면서 소화를 시키는 시간을 가졌겠지만, 오늘은 할 일이 하나 더 늘었으니까 말이지.

아버지가 내 준 숙제 말이다.

당장 급한 건 아니지만, 뭐랄까.

집안의 가장으로서, 어른으로서, 그리고 요괴의 왕으로서 다른 아이들보다 먼저 그럴싸한 정책을 내고 싶거든.

……믿음직스러운 남자로도 보이고 싶고.

그런데 이상하다.

점심을 먹고 오면 보통 내 책상 위에는 오후에 처리해야 할 서류가 쌓여 있거든? 그런데 오늘은 서류의 산 대신 쪽지 한 장만이 있었다.

뭐지?

나는 책상에 다가가 쪽지를 들여다보았다.

종이에는 미려한 필체로 이렇게 적혀 있었다.

[한 가지 일도 제대로 못 하는 주인님께 두 가지 일을 동시에 맡길 경우에 찾아올 후폭풍을 감당할 자신이 없습니다.]

해석하자면, 서류를 볼 시간에 정책에 대한 것부터 고민해보라는 거군.

……아 다르고 어 다르다는 말을 세희는 좀 마음에 새겨 둬야 할 필요가 있지 않을까.

"고맙긴 하지만."

나는 어딘가에서 무언가를 하고 있을 녀석에 들으라는 듯이 혼잣말을 중얼거린 뒤, 책상에 앉아 노트를 펴고 샤프를 쥐었다.

흠.

졸리다.

자, 잠깐!

5교시에 존 적 없는 자만 내게 돌을 던져라!

배부르고 등 따시면 졸린 게 당연한 일이라고! 거기다 평소보다 머리를 써야 하는 데다가 밖에서 잠깐 놀았던 것 때문일까?

평소보다 배는 졸려.

……일단 낮잠부터 자고 나서 생각해 볼까?

졸려 죽겠는데 좋은 방법이 생각이 날 리가 없잖아?

그래, 그런 거다.

적절한 낮잠은 뇌세포인가 뉴턴인가 뉴런인가의 활발한 활동에도 도움이 된다고 하니까. 이건 절대 자기 합리화가 아니야. 과학적인 사실에 기반을 둔 정당한 주장이다.

그래서 나는 장롱에서 이불을 꺼내서 바닥에 깐 뒤, 그 안으로 슬금슬금 들어갔다.

으~ 이불이 조금 차갑네.

랑이라도 부를까? 부르면 바로 올 텐데.

오랜만에 같이 낮잠 자는 것도 괜찮지 않겠어?

잠깐 진지하게 고민을 하고 있을 때.

드르륵.

[……나는 일해야 하는데, 팔자 좋게 낮잠임?]

문이 열리는 소리와 함께 연기로 쓴 글이 보였다.

문 쪽을 바라보니, 방 안에 들어온 페이가 불만에 가득 찬 눈으로 나를 내려다보고 있었다.

양심이 찔린 나는 급히 변명했다.

"낮잠이라니. 이게 어딜 봐서 낮잠 자는 것처럼 보이냐."

[그럼 뭐임?]

그러게요.

나는 잠시 고민한 뒤, 페이에게 말했다.

"애벌레 놀이를 하는 중이었다."

[……]

내 말을 안 믿는 눈치라 나는 두 팔을 위로 들고 있는 힘껏 몸을 앞뒤로 꿈틀꿈틀 움직였다.

나는 지금 그야말로 한 마리의 애벌레.

나비가 되기 위해 노력하는 애벌레.

이불은 나의 고치요, 그 안에 있는 나는 변태로다.

페이가 혐오스럽다는 듯 표정을 찡그리며 손으로 얼굴을 가렸다.

[기분 나쁨.]

그, 그렇게까지 말할 건 없잖아.

하지만 객관적으로 생각해 봐도 지금의 나는 징그러울 거다. 이불 속에서 머리와 팔을 내놓은 채로 몸을 앞뒤로 흔드는 나를 좋게 봐주려면 랑이 정도는 되어야 하지 않을까.

……아니, 아무리 랑이라도 어색한 미소를 지을 것 같군.

"크흠."

그래서 나는 헛기침을 한 뒤 페이에게 말했다.

"요괴넷 관리하러 가는 중에 들른 거야?"

[할 이야기가 있어서 잠깐 들른 거였는데…….]

한겨울의 바람보다 차가운 페이의 시선이 아리다.

[성훈은 일 안 함?]

"……아니, 그게 말이다."

나는 내가 어째서 평소 같았으면 열심히 서류를 처리하고 있을 이 시간에 이불 속에 누워서 눈을 붙일 준비를 하고 있었는지에 대해 정성을 다해 설명했다.

[결국 땡땡이임.]

페이가 눈매를 일(一)자로 만들 뿐이었지만.

어, 어쩔 수 없군.

나는 이불 한쪽을 슬쩍 들어 올리며 말했다.

"이리로 들어오도록 해."

[……!]

페이의 눈동자가 격하게 흔들렸다.

[공범 만들기?]

"공범이라니. 그냥 한겨울 속의 작은 따뜻함을 함께 즐길 동료를 구하고 싶은 거지."

[으으…….]

뭔가에 홀린 듯이 다가오던 페이가 갑자기 걸음을 멈춘 뒤, 양 갈래 머리카락을 빙글빙글 돌리며 글을 썼다.

[안 됨. 요괴넷 관리해야 함.]

그래서 나는 쓰레기 같은 미소를 지으며 말했다.

"따뜻…… 하다고?"

[!!]

더 이상 유혹을 거부할 수 없었는지, 페이가 쏘옥 하고 이불 속으로 들어왔다. 나는 페이의 몸 위에 팔을 올리며 말했다.

"후후후, 이것으로 너도 공범이다."

페이가 몸을 움찔 떨며 글을 썼다.

[속인 거임?!]

"속이다니. 남들이 오해할 만한 글은 쓰지 마라."

나는 손에 힘을 줘서 페이를 내 쪽으로 살짝 당기며 말을
이었다.

"나는 분명 너한테 선택권을 줬다."

순정 만화 여주인공이 충격에 빠졌을 때 지을 법한 표정을
한 페이가 글을 썼다.

[성훈, 무서운 남자······.]

뭐, 장난은 이 정도로 할까?

나는 페이의 머리를 쓰다듬어 주며 말했다.

"그래서 하고 싶은 이야기는 뭐야?"

[이젠 아무래도 상관없는 것 같음.]

야.

[이대로 성훈의 따듯한 품에서 코오 잠드는 게 최고임.]

페이가 슬며시 내게 가까이 오더니 가슴팍에 이마를 댔다.
그것만으로 끝나지 않고 은근슬쩍 내 허리에 팔을 두르······
는 게 아니라.

"엉덩이에서 손 떼라."

[성훈도 만져도 됨.]

전 페이의 엉덩이에 조금도 관심이 없습니다.

정말 없다고 물어본다면 대답을 피하겠지만, 일단은 그렇다
고 하자.

팬티스타킹으로 감싸여진 페이의 말랑말랑하면서 탄력도 갖
춘 엉덩이를 손으로 주무른다는 선택지는 내 안에 없으니까.

[아니면 이런 게 좋음?]

페이가 어린아이답지 않은 신체 부위를 내게 열심히 어필하기 시작했다.

후, 나를 너무 우습게 보는군.

지금까지 아이들과 함께 지내면서 많은 경험을 쌓은 나다. 이 정도로는 꿈쩍도 안 한다는 말이지.

하지만 최악의 상황은 대비를 하지 않는 자에게 찾아오는 법.

나는 페이의 허리를 잡고서 거리를 벌리며 말했다.

"쫓아낸다."

[날 유혹한 건 성훈 아님?]

"같이 낮잠이나 자자는 거였지, 이런 건 아니었다고."

[어쨌든 자는 건 같음.]

요 발랑 까진 꼬맹이 녀석이.

나는 그 마음을 가득 담아 슬쩍 아래로 손을 내린 다음.

[드디어?!]

김칫국을 있는 힘껏 들이킨 페이의 허벅지를 꼬집었다.

[?!?!?!?]

"아팟!!"

엄살은.

모르는 사람이 보면 스타킹 감촉을 느끼기 위해서라고 생각할 정도로 약하게 꼬집었을 뿐인데.

[무슨 짓임?!]

"혹시 죄와 벌이라는 거 아냐."

[자기도 안 읽어 봤으면서 무슨 말임?]

그렇죠.

그뿐만이 아니라 노인과 바다라든가, 전쟁과 평화라든가, 돈키호테 같은 세계 명작 소설은 나와 인연이 없었다.

앞으로도 없을 거고.

"어쨌든 할 이야기 없으면 조용히 낮잠이나 자고 가라."

페이와 노는 게 즐거워서 뒤로 물러났던 수마가 슬금슬금 다시 기어오르기 시작했으니까.

[할 이야기 있음.]

나는 페이가 쓴 글을 상관하지 않고 눈을 감았다.

페이의 호흡이 살짝 거세진 걸 보니 이 상황이 마음에 안 드는 것 같다.

그래, 그래.

나는 다시 페이의 허리에 팔을 둘렀다.

그렇게 나는 달콤한 낮잠에…….

"아얏!!"

빠져들려다가 하반신에서 올라오는 **격통**에 번쩍 눈을 떴다.

이, 이 자식!

"어딜 꼬집는 거야?!"

페이가 요망한 미소를 지으며 글을 썼다.

[무시하니까 그런 거임.]

"그래도 인마! 아프잖아!"

[나도 마음이 아픔.]

그렇게 글을 쓴 페이는 손등으로 눈가를 훔쳤다.

눈물이 맺힌 건 난데 왜 네가 그러냐.

하지만 이런 사소한, 그래. 사소한 일에 화를 내면 낼수록 내 낮잠 시간이 줄어들 게 분명한 사실.

나는 어른답게 마음의 화를 다스리고서 페이에게 말했다.

"페이야."

[?]

"낮잠 좀 자자. 졸려 죽겠다."

내 진심 어린 말에 페이가 볼을 부풀리며 글을 썼다.

[할 이야기 있다고 했잖음.]

"할 생각 없는 거 아니었냐."

[성훈이 눈 감기 전에 내가 쓴 글 기억함?]

……음.

왜 그렇게 세게 꼬집었나 했더니.

나는 페이의 볼을 쓰다듬어 안에 가득 찬 공기를 빼내면서 말했다.

"무시하려던 건 아니었다."

대답이 없다.

"진짜 졸려서 그랬던 거야."

여전히 뚱~ 한 채다.

"화 풀어. 응?"

그제야 페이가 고개를 끄덕이며 글을 썼다.

[알았음.]

페이가 살짝 삐친 건 옛날에 겪었던 일이 떠올랐기 때문이겠지.

그러면 지금은 페이의 신경을 돌리는 게 가장 좋겠지.

"그래서 하고 싶었던 말이 뭐였어?"

[좋은 생각이 나서 그거 알려 주려고 왔었음.]

"좋은 생각?"

페이가 눈을 일(一)자로 만들며 글을 썼다.

[회의, 기억 안 남?]

"그 이야기인 줄 몰랐지."

좋은 생각과 페이를 합치면, 어머나, 놀라워라!

야한 생각이 나옵니다!

[…….]

찌르지 마라.

남의 가슴 쿡쿡 찌르지 마.

그렇게 불만에 가득 찬 눈으로 보면서 찌르지 말라고.

[성훈이 나를 어떻게 생각하는 지 알 것 같음.]

나는 슬쩍 시선을 돌렸다.

여기서 잘못 말했다가는 견우성에서 있었던 일이 다시 한번 반복될 것 같았거든.

왜, 여동생 친구라고 했던 때 있잖아.

[됐음. 결국 시간이 해결해 줄 문제임.]

하지만 페이는 어디에든지 연기로 글을 쓸 수 있다.

나는 내 눈에 둥둥 뜬 글에게서 다시 시선을 돌려 페이를 내려다보며 말했다.

"그건 또 무슨 뜻인데?"

페이가 혀를 빼~ 내밀며 글을 썼다.

[안 알랴 줌.]

"……그러냐."

왠지 모르게 불안하긴 하지만 넘어가자.

[그 대신 좋은 정책을 알려 줌.]

페이가 먹기 좋은 떡밥을 던졌으니까.

"어떤 건데?"

페이가 진지한 궁서체로 글을 썼다.

[게임을 만드는 거임!]

"……잠이나 자자."

나는 페이를 반 바퀴 돌린 뒤, 등 뒤에서 꼬옥 끌어안고서 눈을 감으려 했다.

[무시? 무시하는 거임? 조금 전에 사과한 건 도대체 뭐였음?]

빙빙 돌아가는 페이의 한쪽 머리카락 때문에 그럴 수 없었지만.

"그건 그거, 이건 이거."

[이유라도 제대로 들어보고 나서 그러기!]

나는 늘어지게 하품을 하고서 말했다.

"그래, 그래."

[뭐임? 지금 하품은 뭐임? 도대체 뭐임?]

"뭐긴 뭐야, 생리 현상이지."

나는 빙빙 돌아가는 머리카락을 잡아 아래로 쓸어내리며 페이에게 말했다.

"그래서 그 이유라는 건 뭔데?"

페이가 글을 썼다.

[게임을 같이 하면 협동성을 기르기 좋음.]

······이야, 네가 그런 말을 하니까 정말 설득력이 없구나.

레이싱 게임을 할 때는 함정을 깔거나, 역주행으로 진로 방해를 하거나, 돌멩이를 던지거나 하면서 어떻게든 다른 사람을 방해하려고 하고.

아케이드 게임을 하면 체력이 닳지 않았는데도 회복 아이템을 독식하고, 팀 킬이 가능할 경우 주저하지 않고 등을 찌르며.

슈팅 게임을 하면 폭탄과 파워 업 아이템을 독식하고서 같이 하는 사람이 죽든 말든 폭탄을 아낀 다음에, 결국 하나도 쓰지 않고 엔딩을 본다거나.

RPG 게임을 하면 보스 몹의 관심을 끌고서 보조 직업군한테 달려든 뒤 무적기를 써서 자기만 살아남은 다음에 신들린 솜씨로 혼자서 클리어를 한다거나.

세희마저 흡족해하는 방식으로 게임을 하는 페이가 그런 말을 하니까 정말정말 믿음이 안 간다.

그런 생각에 내가 아무 말도 하지 않고 그저 한숨만 푹푹 쉬고 있자니 페이가 몸을 꿈틀거리며 다급히 글을 썼다.

[그, 그건 다들 재미있으라 한 거였음!]

"보통 그런 걸 트롤이라고 한단다."

게임을 잘 안 하는 나도 잘 알고 있는 단어지.

[제대로 하면 재미가 없으니까 그런 거임!]

해석, 저는 정상적인 플레이로는 게임의 재미를 느낄 수 없게 된 폐인입니다.

"그러니까 요즘 들어서 치이가 같이 안 하려고 하잖아."

[나는 치이도 재밌으라고 한 거였는데……]

아, 풀 죽었다.

어딜 봐도 폐이의 자업자득이지만, 이런 모습을 보면 마음이 약해지는군.

화제를 다시 돌릴까.

"그런데 아까 회의했을 때 이야기했잖아. 요괴들은 그렇게 현대 문물에 익숙하지 않고 접하기도 힘들다고."

폐이도 아이는 아이인가 보다.

[그래서 게임인 거임.]

내가 자기 이야기에 관심을 가지는 걸 보고 기분이 좋아진 걸 보니까 말이야.

"왜?"

[게임은 그런 거에 익숙해지기도 좋음! 기계치인 치이도 게임은 할 수 있었음! 거기다 게임방은 돈만 있으면 금방 만들 수 있음!]

폐이가 무슨 말을 하는지 알 것 같다.

왜, 옛말에 이런 것도 있잖아?

아는 것은 좋아하는 것만 못하고, 좋아하는 건 즐기는 것만 못하다고.

재미있는 게임을 즐기다 보면 저절로 인간들의 문물에 익숙해질 거라는 이야기다.

몇 가지 문제가 떠오르긴 하지만, 일단 페이의 주장을 모두 읽고 나서 말하자.

[거기에 인간과 요괴를 주인공으로 잘 쓰면 서로를 이해하는 데도 도움이 됨!]

하긴, 요즘에는 게임 업계에서 스토리가 중요해서 시나리오 라이터를 중시한다는 인터뷰를 인터넷에서 본 적 있다.

[요괴의 왕이 만든 게임이라고 하면 홍보도 잘 됨! 분명 대히트할 거임!]

페이가 내 쪽으로 휙 몸을 돌렸다.

두 눈동자가 반짝반짝 빛나는 게, 마치 새하얗게 쌓인 눈에 아침 햇살이 비치는 것 같다.

[어떰? 우리 함께 게임 만들지 않겠음?]

그래서 나는 말했다.

"안 된다, 이놈아."

콰─광!

그렇게 충격을 먹을 일일까 싶지만, 페이도 고민에 고민을 해서 나온 결론이었을 테니까 이해해 주자.

[왜 안 됨? 좋은 생각 아님?]

"좋은 생각이긴 한데…… 몇 가지 걸리는 점이 있거든."

[뭐임?]

나는 페이에게 말했다.

"가장 먼저, 요괴의 왕이 대외적으로 첫 번째 내보이는 정책이 게임 제작이라는 건 사람들에게 안 좋은 식으로 받아들여질 가능성이 높거든."

페이가 표정을 찌푸렸기에 나는 급하게 말을 이었다.

"게임이 나쁘다는 게 아니야. 나도 게임을 싫어하는 건 아니고. 하지만 게임을 곱게 보지 못하는 분들이 많다는 걸 잊으면 안 돼."

나이 많으신 분들이 그런 경우가 많지.

특히, 아이의 미래를 걱정하는 부모님의 경우는 더욱 더.

물론 게임을 하면서 스트레스 해소를 하고, 친구들과 친해지거나, 성취감을 느끼며, 현실에서는 할 수 없는 일을 간접 체험하고, 페이의 의견대로 협동성을 기를 수도 있다.

하지만 단점 역시 있는 게 사실이다.

가장 큰 문제라면 역시 게임 중독이겠지. 하루 종일 게임만 하느라 다른 일은 신경도 안 쓰게 되는 그런 거.

……그것 말고 다른 단점은 생각이 나지 않습니다.

극악한 확률의 아이템이나 캐릭터 뽑기 같은 건 게임의 문제가 아니라, 기업이나 운영의 문제니까 말이야.

어, 어쨌든 게임을 만드는 것을 요괴의 왕의 첫 번째 대외적인 정책으로 삼을 경우, 부정적인 여론이 대놓고 생길 거라는 건 부정할 수 없는 사실이다.

특히나 우리나라에서는.

"두 번째로, 모든 요괴들이 게임을 좋아할 것 같지는 않아."

요괴들은 힘을 숭상한다.

그런 관점에서 보았을 때, 게임 같은 오락을 즐기는 요괴들의 수가 그리 많을 것 같지는 않아.

[……게임 재밌는데.]

이건 아마 페이가 게임을 너무 좋아하니까 간과한 거겠지.

"나도 알아."

나는 살짝 풀이 죽은 페이의 머리를 쓰다듬으며 말했다.

"마지막으로, 이쪽이 게임을 만드는 걸 다른 의도로 받아들일 가능성이 높아. 요괴의 왕이 돈을 밝힌다거나, 사익을 위해서 지위를 이용한다거나, 그런 식으로 말이야."

그러니까 요괴의 왕으로서 대외적으로 내보일 첫 번째 정책은 공익성이 짙은 게 좋을 것 같다.

나는 그렇게 이야기를 끝맺었고.

[……꽈당, 큐.]

페이는 완전히 침울해졌다.

어머니 배 속의 태아처럼 몸을 웅크린 페이를 보고 있자니 가슴이 따끔하다.

……내가 너무 조목조목 따졌나?

세희와 말싸움하는 게 워낙 일상이다 보니 나도 모르게 물들어 버린 걸지도 모르겠군.

"그, 그래도 말이야."

나는 페이의 기운을 북돋아 주기 위해 허겁지겁 말했다.

"인간과 요괴가 게임을 통해 협동성을 기르는 게 좋다는 건 정말 좋은 생각이었어. 그러면서 서로 친해질 수도 있고 말이지."

페이가 살짝 고개를 들어 아무 말 없이 나를 바라보았다.

정말 그렇게 생각하냐고, 눈으로 묻고 있다.

"진짜라니까? 무슨 정책을 낼지는 몰라도, 네 덕분에 요괴와 인간이 같이 뭔가를 할 수 있는 쪽으로 결정하는 게 좋겠다는 생각이 들었다니까?"

[……진짜임?]

"내가 거짓말해서 뭐 하냐?"

[내 기분 풀어 줄 수 있음.]

"그건 사실만 말해도 충분하거든?"

[부족함.]

이미 기분이 풀린 페이가 글을 썼다.

[압도적으로 부족함!]

뭐, 지금은 페이에게 맞춰 주자.

"그러면? 내가 어떻게 해야 되는데?"

페이는 대답 대신 내 목에 팔을 두르며 먹이를 재촉하는 아기 새처럼 입술을 쭈욱 내밀었다.

그래요.

페이는 페이죠.

나는 손가락으로 페이의 입술을 튕겼다.

"요 녀석."

[아얏! 까마귀 죽네!]

"엄살은."

[엄살 아님! 진짜 아파 죽음!]

이 정도로 죽었으면 나는 이미 백골이 분토되어 넋도 없어 졌을 거다.

그래도 페이가 완전히 기분을 차린 걸 보니 나도 이제 좀 안심이 된다.

그래서일까.

"흐아아암~"

다시금 늘어지게 하품이 나온 건.

그걸 보고 페이가 살짝 눈물이 맺힌 눈동자에 힘을 준 건 어쩔 수 없는 일이지만.

[아파 죽겠다는데 하품하는 건 좀 아니지 않음?]

"졸린 걸 어떻게 하냐."

페이와 이야기를 하다 보니 시간이 많이 지나기도 했고.

내 머리가 이미 베개 위에 놓여 있다는 것도 무시할 수 없 는 일이다.

그래서 나는 페이에게 말했다.

"그러니까 지금은 같이 낮잠 자는 거로 참아."

[지금은? 나중에는 뭐임? 뭐 있는 거임?]

나는 기대를 숨기지 않고 드러낸 페이에게 나는 이제 한계 라는 것을 보여 주기 위해 눈을 감았다.

대답을 하지 않고 눈을 감은 것에 대한 불만을 폐이가 몸짓으로 표현했기에, 나도 조용히 같이 낮잠이나 자자는 뜻을 몸짓으로 표현했다.

"까앗?!"

그에 깜짝 놀란 폐이의 비명 같은 목소리가 들렸지만 무시한다.

졸리거든.

* * *

의식이 깨어난 건 뭔가 허전한 느낌이 들었기 때문이었다. 정확히 말하면 품에 있는 소형 난로가 사라졌다는 점.

그리고.

"......."

무시무시한 귀신님의 시선이 머리 위에서 느껴졌기 때문이죠.

저승사자인 줄 알았네.

나는 머리맡에서 나를 무표정으로 조용히 내려다보고 있는 세희에게 말했다.

"뭐 하냐."

"잠자는 집안의 왕님을 한심하게 내려다보고 있었습니다."

세희가 머리를 들고 나서야 나는 자리에서 일어날 수 있었다.

"폐이는?"

"주인님 덕분에 가슴이 떨려 잠도 못 자고 옷만 구겨졌다는 불평을 남기고 자리를 떠나셨습니다."

……그것참 미안하군.

사과할 생각은 없지만.

"언제 그렇게 능글맞아지신 건지 모르겠습니다, 주인님."

"누구 덕분일까아아아아~ 으다다다닷!"

나는 늘어지게 기지개를 켠 뒤 이불을 차곡차곡 개켜서 장롱에 넣었다.

으~ 이제야 머리가 좀 맑아진 기분이 든다.

"그런 것치고는 주인님의 머릿속은 여전히 안개가 가득 낀 것 같습니다만."

"머리가 비상하신 누구누구하고 비교하니까 그렇지."

"그래서 그 둔하디 둔한 머리를 조금이라도 굴려 보긴 하셨습니까?"

나는 당당하게 말했다.

"아니?"

쿵!

세희가 손을 한 번 흔들자 평소보다 두 배는 높은 서류의 산이 책상 위에 생겼다.

"오늘치 업무량입니다."

나는 급히 말했다.

"지금부터 생각해 볼 거니까. 일단 집어넣어."

세희가 찌릿, 하고 노려보며 말했다.

"주인님을 배려해 드린 건 날백수처럼 대낮에 태평하게 잠이나 주무시라는 뜻이 아니었습니다."

"그건 나도 아는데, 일단 머리가 좀 돌아가야지 생각을 할 거 아니야?"

"그래서 선택한 게 낮잠입니까."

"내가 이불 깔 때 안 말려서 너도 허락한 줄 알았는데."

우리 집에서 일어나는 모든 일을 파악하고 있는 세희니까 말이지.

"쯧."

불만스럽다는 듯 혀를 차는 세희에게 나는 말했다.

"지금부터 생각해 볼 테니까, 좀 기다려 줘."

"……알겠습니다."

책상 위에서 서류 더미가 사라지자 마음의 평온과 함께 호기심이 찾아왔다.

"그런데 왜 왔냐? 내가 너무 많이 자서?"

그렇게 말하며 핸드폰의 시간을 확인해 보니, 대충 30분 정도가 지나 있었다.

짧지도 길지도 않은, 딱 적절한 시간 동안 잤네.

"안주인님께서 주인님께 드리고 싶은 말씀이 있다 하셔서 찾아왔습니다."

"랑이가?"

"예."

이상하네.

나를 보고 싶으면 당연히…… 가 아니지.

평소라면 내가 지금 일하는 시간이라 세희를 불렀던 거구나.

"오늘은 내가 일 안 한다는 거 이야기 안 했어?"

세희가 고개를 갸웃거리며 말했다.

"무슨 말씀이십니까? 주인님께서 오늘 일을 안 하신다니요?"

……갑자기 무시무시한 가설이 떠올랐다.

"혹시 정책 생각한 다음에 서류 정리해야 하는 거냐?"

세희가 경멸감이 가득 찬 눈으로 나를 내려다보며 말했다.

"그 정책을 생각해 내야 하는 것이 주인님께서 하셔야 할 일입니다."

그, 그랬지요.

살짝 당황하고 있는 내게 세희가 말했다.

"그 모습을 보니 자각이 없으셨던 것 같군요."

사실입니다.

"그런 주인님을 위해 오늘 안에 제가 만족할 만한 결과를 내지 못하신다면 한동안 업무의 강도를 세 배로 높이겠습니다."

"야, 잠깐. 그건 좀 아니지 않냐?"

하루라니! 너무 짧아!

"주인님께서는 위기감을 느끼지 못하면 허송세월을 보내실 것 같아서 말이죠."

……이 자식, 나를 너무 잘 아는군.

"그래도 하루는 너무 짧지 않냐."

그렇기에 이 반론은 효과가 있었다.

"그도 그렇군요. 겨울철의 선풍기만큼 무능하신 주인님께서 하루 만에 그럴듯한 정책을 생각하시는 건 불가능에 가까운 일일 테니까요."

반론을 펼치고 싶지만 할 말이 없기에 나는 패배를 인정하려고 했지만.

"그러니 하루 드리겠습니다."

안 늘어났는데요.

"야."

전문가들이 모여 국가 정책을 짜는 데도 몇 개월씩 들고, 실행하는 데는 몇 년이 걸린다. 그런데 나 같은 사람한테 하루밖에 시간을 안 준다는 건 너무하잖아?

그래서 더 늘려 달라고 말하려 했는데…….

"오늘 하루면 충분합니다."

세희가 너무나 확신에 가득 찬 목소리로 말해서 포기했다.

이 녀석이 할 수 있다면, 할 수 있는 거겠지.

그래서 나는 일부러 머리를 긁적이며 화제를 돌렸다.

"뭐, 그건 그렇고. 랑이는 어디 있어?"

"안방에서 주인님을 오매불망 기다리고 계십니다."

"그래."

오매불망이 정확히 무슨 뜻인지는 모르겠지만, 나는 엉덩이를 들썩거리며 기다리고 있을 랑이를 위해 방을 나섰다.

차가운 마루를 지나 안방 문을 옆으로 밀고서 한 발자국 딛는 순간.

"성훈아아아아~!"

자그마한 호랑이 한 마리가 안겨 왔다.

"어이쿠."

나는 두 다리에 힘을 주고 랑이를 받아 주었다.

뭐, 내가 잡아 주지 않아도 랑이가 떨어질 일은 없겠지만.

내 허리를 단단히 끌어안은 두 다리와 목을 꽉 끌어안은 두 팔이 있으니까.

산천을 호령하는 호랑이가 아니라 나무에 매달린 코알라로 변한 랑이가 내게 말했다.

"성훈아, 성훈아! 나도 열심히 생각해 보았느니라! 성훈이가 할 일을 말이니라!"

"진짜?"

나는 그렇게 말하며 슬쩍 근처의 소파에 앉았다.

랑이가 깃털처럼 가볍긴 하지만, 내 체력이 저질 중의 저질 이긴 하거든.

옛날보단 많이 나아지긴 했지만.

"그렇느니라!"

내가 소파에 앉자 랑이가 두 다리를 풀고 옆으로 앉았다. 물론, 내 목에 두른 팔은 풀지 않은 채.

"……쯧."

그 모습을 불만스럽게 보고 계신 여동생 사랑님이 계신 것 같지만, 못 본 거로 하자.

냥이의 손에 강아지풀이 들려 있다거나, 주변에 털실 뭉치 라든가, 초대형 종이 박스로 이어 만든 통로 등, 이런저런 것들이 널려 있지만 못 본 걸로 하자.

랑이의 존엄성을 위해서 말이지.

그렇게 잠시, 내가 없을 때 냥이가 랑이와 어떻게 놀아 주는지에 대해 알려 주는 것들에 눈이 팔려 있을 때.

부드럽고 따스한 랑이의 작은 손이 내 양쪽 볼을 잡아 살며시 자기 쪽으로 돌렸다.

"성훈아, 내 말 듣고 있느냐?"

어깨 너머로 랑이의 꼬리가 불만스럽다는 듯 짧게 앞뒤로 흔들리고 있다.

네가 사랑하는 내가 눈앞에 있는데 지금 어딜 한눈파느냐는 거겠지.

그래서 나는 랑이의 황금 같은 호박색 눈동자를 똑바로 바라보며 말했다.

"아, 미안. 못 들었다."

팡, 팡.

랑이가 소파를 꼬리로 치며 말했다.

"으냐앗! 집중! 집중해야 하느니라!"

"응, 집중할게."

바로 기분이 풀린 랑이가 눈웃음을 지으며 말했다

"헤헤헷, 그러면 되는 것이니라."

그 모습이 귀여워서 나는 랑이를 둥기둥기 해 주며 말했다.

"그래서 어떤 걸 생각했어?"

"음후후! 듣고 놀라지 말거라!"

랑이가 턱을 치켜들고서는 자신만만하게 말했다.

"그건 말이니라!"

"응."

"바로 세계 여행이니라!"

"응?"

……세계 여행?

갑자기 세계 여행이 왜 나와?

내가 이해를 못 할 거라고는 생각 못 했는지, 랑이가 살짝 당황한 기색으로 말했다.

"왜, 있지 않느냐!"

제대로 설명을 할 생각인지, 랑이가 내 목에 두른 손을 풀고 내 다리를 자신의 허벅지 사이에 둔 채 무릎을 꿇고 앉아 나를 올려보며 말했다.

"내가 너를 만난 지 얼마 안 되었을 때, 아해들에게 나쁜 마음 품지 말라고 말하러 다닌 것 말이니라."

아, 그래.

내가 치이와 한바탕하고 있을 때 그런 일이 있었지.

살짝 그리운 옛 추억에 잠겨서 고개를 끄덕이고 있자니, 한층 밝아진 음색으로 랑이가 말했다.

"그걸 이번에는 성훈이가 하는 것이니라!"

"내가?"

"응, 응!"

랑이가 엉덩이를 들어 올려, 내가 살짝만 움직여도 입을 맞출 수 있을 정도로 가까이 다가오며 말했다.

"성훈이가 세상을 돌아다니며 요생을 아우르는 것이란 말이다!"

……다 좋은데 잠깐 뒤로 물러나 주지 않을래?

네가 너무 사랑스러워서 이야기에 제대로 집중할 수 없으니까.

특히, 봄날의 봉선화처럼 선홍빛으로 물든 네 입술 때문에 말이다.

음.

이래서야 될 일도 안 되겠다.

지금은 잠깐 요괴의 왕으로서의 일은 뒤로 미루고 반인반선 강성훈으로서의 욕망에 귀를 기울일 수밖에!

"크흠!"

탁, 탁, 탁.

크게 헛기침을 하면서 꼬리로 방바닥을 두드리는 냥이 때문에 정신이 들었다.

어이쿠, 하마터면 냥이 앞에서 랑이한테 뽀뽀할 뻔 했네.

"잠깐만. 생각 좀 해 볼게."

"응!"

나는 억지로 머리를 굴렸다.

그러니까 랑이의 말은 나보고 전 세계의 요괴라고 할까, 인외의 존재들에게 직접 얼굴 도장을 찍으라는 거지?

……꽤 괜찮은 생각인 것 같은데?

거리와 시간상의 문제가 있긴 하지만, 랑이나 바둑이. 혹은 세희의 도움을 받으면 그건 어떻게든 될 거다.

오작술이 바로 떠오르긴 했지만, 치이와 페이의 몸에 부담 되니까 넘어가고.

그렇다면 그 지역의 요괴들과 만나 어떤 이야기를 나눌지가 가장 중요하겠군.

음.

지금까지 요괴의 왕으로서 업무를 본 것 때문에 그리 힘들 것 같지도 않고, 불안하면 세희나 어머니께 도움을 요청해도 될 것 같다.

하지만……

"성훈아, 잘 들어 보거라."

그때.

야생의 감이 발동했는지 랑이가 다급한 목소리로 내게 말 했다.

"성훈이가 많은 아해들과 직접 만나게 되면 말이니라. 엄청 나게 좋은 일이 생기느니라!"

"엄청나게 좋은 일?"

"그렇느니라!"

랑이가 고개를 끄덕인 뒤.

절대적인 자신감에 가득 찬 목소리로 말했다.

"모든 아해들이 성훈이의 멋있는 모습에 홀딱 반하는 일 말 이니라!"

랑이의 너머로 냥이가 한숨을 쉬고 고개를 절레절레 흔드 는 게 보인다.

저기에 수치심으로 얼굴까지 붉히면, 딱 내가 하고 싶은 반응이군.

하지만 한 여름의 해바라기마저 빛바래 보일 정도로 환한 미소를 짓고 있는 랑이에게 그런 표정을 보일 수는 없는 법.

나는 최대한 표정 관리를 하며 입을 열었다.

"아니, 야. 잠깐……."

"그뿐만이 아니니라!"

내 이야기를 들어.

"지금까지 성훈이를 못 미덥게 보던 힘이 강한 아해들도 분명 마음이 변할 것이니라!"

냥이가 검은 연기를 뻑뻑 내뱉으며 담배를 피우기 시작했다.

"그러니까 성훈이의…… 월드 투어? 성훈이의 월드 투어를 떠나야 하느니라! TV에 나오는 연예인처럼 말이다!"

"그, 그래."

너무나 열성적이고 힘이 넘치는 랑이의 목소리에 나는 일단 고개를 끄덕일 수밖에 없었다.

아니, 뭐.

일단 랑이가 콩깍지가 쓰여 있다는 걸 제외하고도 긍정적으로 검토해 볼 만한 일이긴 하지.

일단 다른 요괴들과 직접 만나서 이야기를 한다거나, 고민이나 문제점을 듣고 해결해 준다거나, 서류로만 보던 요괴들의 삶을 직접 보고 느낀다거나, 내가 어떤 인간인지 보여 주면서 겸사겸사 인간들에게도 요괴의 왕이 어떤 인물인지 알리는 건 나쁜 일이 아니니까.

하지만 뭐랄까.

내 감이 말하고 있다.

이건 아니야.

조금 객관적으로 말해서, 언젠가 해야 할 일이긴 하지만 지금이 아니라는 거다.

지금은 내실을 다질 때라는 거지.

아버지 말씀대로, 나는 대외적으로 이룬 것이 아무것도 없으니까.

간단히 말해 우리나라 안에 있는 요괴들과 사람들에게도 뭔가 그럴 듯한 성과를 보여 주지 못했는데, 세계를 돌아다니는 건 그다지 좋게 보이지 않을 가능성이 높다.

마치, 요괴의 왕의 업무를 핑계 삼아 아이들과 탱자탱자 놀러 다니는 것 같이 보일…….

응?

잠깐만.

갑자기 궁금한 게 생겼다.

"랑이야. 묻고 싶은 게 있는데."

"응! 무엇이든 물어보거라!"

나는 평소보다 두 배는 초롱초롱한 눈동자로 올려다보는 랑이에게 말했다.

"너, 나하고 놀러 다니고 싶어서 그런 걸 생각한 건 아니지?"

"……."

데구르르르르르.

랑이는 눈이 크다 보니까 눈동자가 굴러가는 소리도 크구나!

나는 슬쩍 고개를 아래로 숙여 눈높이를 맞추며 말했다.

"랑이야~?"

시선을 피하는 것으로 모자랐는지, 랑이가 슬쩍 왼쪽으로 고개를 돌린다.

"대답해야지?"

이번에는 오른쪽으로 돌렸다.

"무엇이든 물어보라며?"

그제야 랑이가 나를 살짝살짝 곁눈질로 보며 말했다.

"라, 랑이는 그, 그런 생각 안 했느니라아~ 겸사겸사 성훈이와 함께 놀러 다니면 좋겠다는 생각 정도밖에 안 했느니라아~"

……요즘 들어서 말이다.

랑이도 많이 자랐다는 생각이 든다.

머리를 쓰는 법을 배웠다고 할까?

지금처럼 실리와 명분을 함께 챙기는 방법을 생각해 내는 건, 처음 만났을 때의 랑이는 할 수 없었던 일이니까.

좋냐, 나쁘냐 하면 둘 다 아니다.

아이들이 이것저것 배우면서 성장하는 건 당연한 일이니까.

무엇보다.

"요놈~!"

"으냐아앗~! 했느니라! 생각했느니라!"

여전히 귀여운 수준이니까 말이지.

예를 들어, 밥 먹기 전에 군것질하지 말라고 했는데 입 주변에 떡볶이 국물을 묻히고 와서는 아무것도 안 먹었다고 말하다가 진짜냐고 묻자 바로 있는 그대로 실토한 뒤 잘못했다고 비는 수준이라고 할까?

　"으냐아…… 도대체 어떻게 안 것이느냐?"

　정작 랑이는 자신의 완벽한 계획이 들통났다는 사실에 충격을 받고 있지만.

　나는 랑이의 볼을 아프지 않게 잡아당기며 말했다.

　"내가 너에 대한 일을 모를 리가 있냐."

　"으야아아~"

　기분이 좋은지 나쁜지 모를 소리를 내며 랑이가 다가왔다.

　그 모습이 귀여워서 잠시 더 이렇게 있고 싶었지만, 이곳에는 나와 랑이만 있는 게 아니지.

　나는 냥이가 손에 쥔 부적을 불태우기 전에 랑이의 볼을 놓고 말했다.

　"그건 그렇고 일단 네가 말한 방법 말인데."

　나는 랑이가 꿀꺽, 침을 삼키는 것을 보며 말했다.

　"좋은 생각이야."

　랑이의 꼬리와 귀가 쫑긋 솟았다.

　"하지만 그건 지금 당장이 아니라 좀 더 나중에 해야 할 것 같아."

　꼬리와 귀가 추욱 늘어졌지만, 이렇게 포기할 수는 없다고 생각했는지 고개를 번쩍 들고서 내게 애원하는 듯한 목소리로 말했다.

"왜 그러느냐? 좋은 일은 먼저 하는 게 좋지 않느냐?"

"그게 말이다……."

나는 차분히 랑이에게 내 생각을 전해 주었다.

이야기를 할수록 랑이는 풀이 죽어서 꼬리를 추욱 늘어뜨리고, 어깨를 움츠리고, 고개를 숙이고, 손가락을 꼼지락거렸다.

야, 양심의 가책이!

이건 제가 대외적으로 한 일이 없어서 그런 것뿐인데 말이죠!

그래서 나는 마지막에는 랑이의 힘을 북돋아 주기 위해 말했다.

"하지만 아까 말했지? 랑이가 좋은 의견을 내 줬다고."

"……응."

"그러니까 나중에 같이 세계를 여행하면서 다른 요괴들을 만나자. 응? 지금은 아니더라도 말이야."

"…………응."

문제는 랑이가 기운을 차리지 못했다는 거지.

으음~

랑이가 기대를 많이 하고 있었나?

강성훈의 월드 투어를 떠올렸을 때, 머릿속에서 먼저 나와 함께 세계 여행을 떠나지 않았다면 이렇게까지 침울해하지 않았을…….

그때.

나는 흐뭇한 표정을 짓고서 흰색 연기를 뻑뻑 피워 대는 냥이를 볼 수 있었다.

잠깐, 뭐야.

이거 수상한데?

내가 노려보고 있자니, 눈치를 챈 냥이가 보란 듯이 한쪽 입꼬리를 올리며, 자기가 가장 싫어하는 녀석을 닮은 미소를 지었다.

……아하, 그렇게 된 거구나.

아무래도 랑이가 평소보다 심하게 침울해진 건 냥이의 영향이 큰 것 같다.

냥이가 랑이를 아끼는 것만큼, 랑이도 냥이를 의지한다. 그런 랑이니만큼 분명 냥이에게 자신이 생각해 낸 강성훈과 함께 하는 월드 투어가 괜찮은지 물어봤겠지.

그리고 냥이는 좋은 생각인 것 같다는 확답을 해 줬을 테고. 그러니까 랑이는 내가 일하는 시간임에도 불구하고 세희를 시켜서 이야기하고 싶다는 뜻을 전했던 거다.

냥이 덕분에 자신이 생겼으니까.

……저 동생 바보 녀석이 왜 랑이를 실망시키는 일을 꾸몄는지 잘은 모르겠군.

일단 랑이를 달래야 하니까 나중에 물어보자.

"그래도 말이야, 랑이야."

"으냐아……."

대답 대신 반쯤 죽어 가는 소리를 낸 랑이의 머리를 쓰다듬으며 나는 말했다.

"다른 요괴들을 직접 만나서 고민을 들어 주거나 직접 해결해 주는 건 좋은 생각 같아."

랑이가 살며시 고개를 들었다.

"정말이느냐?"

"그럼."

나는 숨기지 않은 마음을 담아 말했다.

"고마워, 랑이야. 내가 요괴의 왕으로서 처음에 무슨 일을 할지는 몰라도, 랑이가 생각해 준 방법이 분명 큰 영향을 줄 거야."

그제야 랑이의 눈동자에 빛이 돌아왔고 귀가 쫑긋 섰으며 꼬리가 물결치듯 움직였다.

"정말이지 말이니라?"

그래도 한 번 더 내 입으로 확인받고 싶은 것 같지만.

"그렇다니까."

"헤헤헷, 다행이니라!"

완전히 기운을 되찾은 랑이가 내게 볼을 비벼 왔다.

나도 피하지 않고 랑이의 어리광을 받아 줬다.

따듯하고 부드러운 볼의 촉감과 향기로운 랑이의 체취가 내 마음을 편안하게 해 주는군.

"……쯧."

자기 뜻대로 일이 풀리지 않았는지, 혀를 차는 냥이만 없었으면 정말 좋았을 텐데.

"그러면 꼭 같이 세계 여행을 가는 것이느냐? 성훈이에게 보여 주고 싶은 것이 정말 많으니라!"

……아니, 그건 확답을 해 드리기 힘듭니다만.

"……성훈아?"

그렇게 생각만 했는데도 랑이의 표정에 살짝 먹구름이 들어 앉았다.

야생의 감인지, 아니면 마음이 이어졌던 경험 때문인지, 그것도 아니라면 그냥 내 표정을 보고 눈치챘는지 잘은 모르겠지만.

"세희가 허락해 주면."

나는 랑이도 수긍할 만한 대답을 말했다.

"응!"

왜일까.

세희 때문에 요괴의 왕 월드 투어 일정이 신혼여행 일정과 겹쳐 버릴 것 같다는 느낌이 드는 건.

나는 랑이의 머리를 쓰다듬으며 끔찍한 가정을 머릿속에서 지웠다.

"으냐아~"

랑이와 함께 보내는 행복한 시간을 만끽하기 위해서.

* * *

내 품에서 어리광을 부리던 랑이는 어느새 코오 잠들었다.

아마도, 점심을 먹고 나서 지금까지 열심히 나를 위해 생각을 해 준 거겠지.

……정작 나는 그동안 낮잠이나 처자고 있었지만 말이야.

"그런데 너는 왜 랑이한테 아무 말도 안 한 거냐?"

하지만 덕분에 지금의 내 머리는 맑았고, 냥이와의 이야기에 집중할 수 있었다.

"무슨 헛소리이느냐."

나는 짐짓 모르는 척하는 냥이에게 말했다.

"내가 눈치챌 수 있는 단점을 네가 몰랐다는 게 말이 안 되잖아."

"단점? 네 눈에는 그것이 단점으로 보이느냐?"

"그럼 뭔데?"

냥이가 담뱃대를 재떨이에 털었다.

"그건 네놈의 무능함이 불러일으킨 인재(人災)이니라."

나도 그렇게 생각하긴 하지만 말이 좀 심한 거 아니냐?

내가 놀고 있었던 것도 아니고.

"그렇게까지 말할 건 없잖아."

"만약 네놈이 요괴의 왕이 된 이후, 잡무나 처리하지 않고 세상을 향한 행보를 조금 더 빠르게 나섰다고 생각해 보거라."

어딘가의 평행 세계에서는 그런 유능한 나도 있을 수 있겠지.

"그렇다면 고결하고 고귀한 흰둥이의 의견은 네놈에게 있어서 천금 같은 조언이 되었을 것이니라."

맞는 말이라 뭐라 할 말이 없군.

하지만 지금 내가 하고 싶은 이야기는 그런 게 아니다.

"아니, 화제 돌리지 말고."

"흐응?"

나는 한쪽 눈썹을 꿈틀거리는 냥이에게 말했다.

"내가 물어본 건 그게 아니니까."

랑이가 생각한 정책은 좋지만, 현실적으로 당장 실천하기는 힘들다.

제가 무능하고 멍청한 요괴의 왕이어서 잡무나 보느라 시간을 낭비했거든요.

나는 그 사실을 누구보다도 잘 알고 있을 네가 왜 랑이에게 아무런 조언도 해 주지 않은 거냐고 묻고 있는 거다.

내 이야기를 들은 냥이가 입가를 살짝 일그러트리며 말했다.

"네놈은 쓸데없는 쪽으로만 날카롭구나."

"고맙다, 야. 칭찬해 줘서."

냥이가 얼굴이 새빨갛게 물들이며 외쳤다.

"누, 누가 밥을 할 때 센 불에 놓고 뜸을 들이는 멍청이 같은 네놈을 칭찬했단 말이느냐?!"

요즘에는 보통 전기밥솥 쓰지 않냐? 애초에 난 그런 실수 같은 건 해 본 적 없고.

하지만 화를 내는지 부끄러워하는지 모를 냥이에게 그런 말을 하는 건 끓는 기름에 물을 붓는 격.

"그래서 뭔데?"

화제를 돌리자 냥이가 휙 고개를 돌리며 말했다.

"어째서 내가 네놈을 위해 그런 쓸데없는 수고를 들여야 하느냐?"

그래서 난 내 허벅지에 머리를 베고 잠들어 있는 랑이를 가리켰다.

"왜겠어?"

랑이 때문이지.

"흥! 자기 앞가림도 못하는 것이 흰둥이를 걱정하기엔 백 년은 이르다."

"평생 내 앞가림은 못 해도 랑이를 행복하게 해 주기 위한 노력은 해야 하지 않겠어?"

"하! 정말 말은 잘하는구나!"

내 대답이 마음에 들었는지, 살며시 미소를 지은 냥이가 말을 이었다.

"되도 않는 깜냥으로 노력하는 모습이 기특하여, 두 가지 이유를 말해 주겠느니라."

"뭔데?"

냥이가 말했다.

"하나는 네 놈이 곤란해하는 모습을 보고 싶었기 때문이다."

야.

"또 다른 하나는 흰둥이가 더 이상 낮잠을 미루는 것을 볼 수 없어서였다. 그렇기에 흰둥이의 생각에 무슨 문제가 있는지, 네놈이 무슨 말을 할지 빤히 알면서도 넘어갈 수밖에 없던 것이니라."

응? 잠깐만. 그건 좀 이상한데?

"그게 왜?"

랑이가 스스로 답을 찾기 위해 몰려오는 졸음도 이겨 내며 노력했다는 거잖아. 꽤나 흐뭇한 일 아닌가? 랑이가 그만큼 성장했다는 거니까.

근데 그 모습을 볼 수 없었다고? 그것도 낮잠을 안 자서?

이해를 못하고 있는 내게 냥이가 말했다.

"어린아이는 잘 자야 잘 크는 법이다."

"……."

"무어냐, 그 시선은."

"아니, 네가 그런 말을 하는 게 이상해서 말이다. 너도 랑이하고 별 차이가 안 나니까."

키라든가 체형이라든가.

"멍청한 놈."

하지만 냥이는 딱 잘라 부정했다.

"오성(悟性)이 뛰어나 이미 먼 옛날에 영(靈)의 성장을 마친 나와, 이제야 걸음마를 떼기 시작한 흰둥이를 어찌 같은 선에 놓고 비교하느냐."

……오성?

뭐야, 그건? 핸드폰 게임에서 나오는 카드처럼 별이 다섯 개라는 건가?

아니, 그건 아닌 것 같고.

나중에 국어사전에서 찾아보자고 생각한 내게, 냥이가 말했다.

"네놈처럼 청양 고추와 오이 고추를 구분 못 하는 풋내기가 보기에는 내 육신이 흰둥이의 것과 다름없어 보이겠지만 말이다. 이 몸의 그릇은 흰둥이와 달리 나의 영성을 담기에 부족함이 없느니라. 내 영성의 크기에 맞춰 현신이 변화한 것이니 말이다."

슬슬 머리가 어지러워지기 시작했지만, 냥이는 설명을 멈추지 않았다.

"하지만 흰둥이는 다르다. 너도 알지 않느냐. 우리 흰둥이가 세상천지에 둘도 없이 귀엽고 사랑스러운 미인이라, 지난 세월 동안 잠만 자고 있을 수밖에 없다는 것을."

나는 고개를 끄덕였다.

맞는 말이니까.

"그렇기에 흰둥이는 나와 달리 지금까지 영의 성장을 이룰 틈이 없었느니라. 다시 말해, 참으로 기분 나쁜 일이지만 흰둥이의 성장은 네놈과 만난 이후에야 본격적으로 시작하였단 뜻이니라."

그 모습이 마치 깨끗한 물에 된장을 푼 것 같아서 짜증이 나지만.

냥이는 그렇게 말을 이었다.

"그렇기에 흰둥이의 영(靈)은 지금 이 순간도 성장 중에 있느니라."

냥이가 담뱃대로 나를 가리키며 말했다.

"자. 이제 내가 무슨 말을 하고 싶은지 이해하겠느냐?"

"……잠깐만."

나는 시간을 달라는 뜻으로 냥이에게 손바닥을 보이고 곰곰이 생각해 보았다.

답을 찾는 건, 그리 어려운 일이 아니었다.

"영성의 성장에 맞춰서 랑이의 육체, 아니, 그릇도 성장하는 시간이 필요하다는 거야?"

"그러하느니라."

세상에서 가장 소중한 보물에게 향하는 시선으로 랑이를 바라보며 냥이가 말했다.

"정확히 말하면, 영(靈)으로 이루어진 육신(肉身)이 영(靈)의 변화에 맞춰 가는 시간. 그것이 흰둥이의 낮잠 시간이란 말이다."

세상에!

랑이의 낮잠에 그런 비밀이 있었다니!!

별로 중요한 것 같지는 않지만 정말 놀랍군요!!

그래서 나는 심드렁하니 냥이에게 말했다.

"……그러니까 네 말은 랑이가 아직 자라는 중이라서 잠을 많이 자야 하는데, 다른 일에 집중하고 있으니까 빨리 재우기 위해서 대충 대답했다는 거잖아. 그런데 그걸 왜 그렇게 어렵게 풀어서…… 아얏!"

말이 채 끝나지도 않았는데 냥이가 갑자기 담뱃대로 내 머리를 내리쳤다!

"아프잖아! 왜 때리는데?!"

내가 울컥해서 따지자, 냥이도 지지 않고 온몸의 털을 곤두세우며 외쳤다.

"네놈은 까마귀 고기라도 먹었느냐?!"

아니, 야! 어떻게 그런 심한 말을 할 수 있어?! 우리 집에서는 절대로 말하면 안 되는 속담이라고, 그거!

그렇게 딴죽을 걸 틈도 없이 냥이가 말을 이었다.

"내가 좀 전에 말하지 않았느냐! 잘 자야 잘 크는 법이라고! 기억은 하고 있느냐?!"

"아."

……그, 그랬었죠.

냥이가 하도 어려운 이야기를 해서 까맣게 잊고 있었다.

담뱃대를 휘두른 것만으로도 성이 풀리지 않는지, 냥이가 씩씩대며 말했다.

"네놈이 흰둥이와 나를 비교하면서 어이없는 소리를 하기에, 다른 이도 아니고 내 평생을 옆에 두고 귀여워해도 부족한 흰둥이에 대한 일이라 네놈도 알고 있어야 할 것 같아 귀찮은 것도 참고 자세히 설명을 해 주었거늘! 도대체 그 태도는 무엇이느냐! 이 우둔한 놈!"

이럴 때 할 수 있는 말이라곤 하나밖에 없지.

나는 냥이에게 고개를 숙이며 사과했다.

"미안…… 어려운 이야기라 까먹고 말았어."

"됐다!"

냥이가 휙, 몸을 돌리고서 말했다.

"네놈의 얼굴은 더 이상 보고 싶지 않으니 흰둥이를 내게 넘기고 썩 꺼지거라!"

그 기백이 성난 호랑이 같아서 나는 아무 말도 할 수 없었다.

냥이가 이렇게 화가 난 모습은 같이 산 이후로 처음 보는 것 같아.

……사람이 호의를 베풀었는데 무시당했으니 당연한 일인가. 이거 화 안 풀어 줬다가는 오늘 하루 집안 분위기가 안 좋겠는데.

그렇다면 어떻게 해야 좋을까.

"무엇 하느냐! 썩 꺼지지 않고!"

꼬리와 꼬리털을 바짝 세운 냥이를 보자니, 더 이상의 사과는 의미가 없을 것 같다.

그렇다면!

"아니, 그래도 말이다. 이건 네가 좀 이해해 줘야지."

눈빛만으로 사람을 죽일 수 있었다면 난 이미 염라와 재회했겠지.

나는 지금 당장이라도 담뱃대를 던질 준비를 마친 냥이에게 빠르게 말했다.

"내 머리가 나쁜 걸 어떻게 하냐. 영이니 육이니 어려운 이야기를 머릿속에 쑤셔 넣는 것도 힘들었는데, 그전에 들은 이야기가 남아 있겠어?"

이름하야, 배 째라 작전.

나는 방귀 뀐 놈이 성낸다는 속담을 그대로 온몸으로 표현했다.

"거기다 난 나름대로 노력했다고."

냥이가 살짝 얼빠진 목소리를 냈다.

"뭐시라?"

하지만 나는 당당하게 말했다.

"네가 했던 말을 까먹은 상황에서, 네 설명을 제대로 이해하고 결국은 같은 결론을 낸 거잖아. 안 그래?"

"하."

한숨같은 한탄을 내뱉은 냥이가 고개를 절레절레 흔드는 것으로도 모자라, 결국엔 이마에 손을 대고 고개를 숙인다. 다시 고개를 들고서 내게 뭐라고 말하려 입을 열었다가, 담뱃대만 물고 입술을 닫았다. 뿜어져 나오는 검은색 연기가 냥이의 속을 대신해 주는 게 아닐까.

그래도 할 말은 해야겠지.

나는 자세를 낮추고 머리를 냥이에게 슬쩍 들이밀며 말했다.

"그러니까 이왕이면 화를 내는 것보다 칭찬을 해 줬으면 좋겠는데."

만에 하나라도 냥이가 내 머리를 쓰다듬어 줄 일은 없기에 장난으로 한 짓이었지만 말이다.

"아얏!!"

그래도 주먹으로 때리는 건 너무하지 않냐?!

오른손으로 머리를 매만지며 고개를 들자 조금 전과는 다른 의미로 화가 난 냥이가 소리를 높였다.

"네놈의 뻔뻔함이 하늘을 울릴 지경이구나!"

그걸 이제 알았냐.

"아프잖아!"

"네놈이 맞을 짓을 하지 않았느냐!"

나도 조금은 그렇게 생각해.

"그래도 너무하잖아! 어? 이거 잘못하면 혹 나게 생겼다고!"

나는 맞은 부위를 가리키며 다시 한번 머리를 숙였다. 다행히 다시 한번 꿀밤을 맞는 일은 없었다.

"됐다! 더 이상 삼층밥을 해 놓고서도, 누룽지 끓여 먹으면 되니까 잘 됐다고 말하는 것 같은 네놈과 이야기하기도 싫으니라! 썩 나가거라!"

그 대신 팔짱을 끼고서는 휙! 고개를 돌렸을 뿐.

나는 그 옆얼굴을 보고서는 자리에서 일어나도 될 것 같다는 생각이 들었다.

처음에 났던 화는 다 풀린 것 같거든.

후후후, 모든 것이 내 계획대로 흘러갔군.

사람의 감정이라는 건 한 가지가 커지면 다른 건 묻히는 경우가 많거든.

그렇다고 여기서 안심했다가는 다 된 밥에 재 뿌리는 경우가 될 수도 있는 법.

나는 냥이의 말대로 자리에서 일어나며 마지막 한마디를 남겼다.

"치사하게……. 칭찬 한번 해 주는 게 그렇게 어렵냐……."

닫힌 문 너머로 냥이의 어이없어 하는 웃음소리가 들려왔다.

자, 그럼 내 방으로 돌아…….

"어머나, 성훈 님."

어이쿠, 놀라라.

가희가 문 앞에서 기다리고 있을 줄은 상상도 못했네!

나는 두근, 하고 뛴 가슴을 진정시키려고 했지만, 가희가 입고 있는 옷을 보자 별 의미가 없는 짓이라는 것을 깨달았다.

가희가 입고 있는 옷은, 인터넷에서 예전에 본 적이 있는…… 미리 말해 두지만 일부러 찾아본 게 아니다. 휴식 시간에 잠깐 세상 돌아가는 걸 알아보기 위해 인터넷 뉴스를 보려다가 우연찮게 눈에 들어온 거야.

어쨌든.

가희는 한때 동정을 죽이는 스웨터라 불리던 그 옷을 입고 있었거든.

백 오픈 섹시 니트 스웨터(Back Open Sexy Knit Sweater)라는 이름으로도 불리지.

……찾아본 거 아니다?

연관 검색어로 나온 거라고?

진짜야?

어쩌다가 기억에 남아 있는 거다?

그건 그렇고 저 옷을 가희가 입으니까 정말 대단하네. 무슨 속셈인지 지금은 머리까지 풀어서 파괴력이 남다르다.

다행인 건 조금 전까지 냥이를 달래느라 심적으로 피곤해졌기 때문일까. 스웨터의 빈틈 사이로 시선이 잘 가지 않았다는 점이다.

안 간다는 이야기는 아니다.

저도 남자니까요.

하지만 나는 마지막 자존심을 지키기 위해 열심히 시선을 관리하며 가희에게 말했다.

"그렇게 입으면 안 춥냐?"

"그리 보이면 성훈 님께서 따스하게 덥혀 주시면 되는 일이죠."

"괜찮은가 보네."

"후훗."

……여전히 가희는 대하기 힘들군.

가희의 과거를 직접 본 이후로도 이 관계는 변하지 않았다.

원래는 가희와 한바탕하고 좀 속내를 드러내게 만들려고 했지만……

'지금의 주인님께서는 그 천한 것 안의 어둠을 감당하실 수 없으십니다. 마치 얼티메이트 원 앞의 인간처럼 타락하고 마시겠지요.'

내 생각을 읽은 세희가 그러지 말라고 해서 지금까지 참고 있다.

나 또한 회장님이 세현에게 말했던 일을 아직 기억하고 있고.

그래서 뭔가 계기가 있을 때까지 기다리고 있는 상황이다.

뭐, 그건 그거고.

지금은 눈앞에서 속을 알 수 없는 미소를 짓고 있는 가희에게 집중하자.

"그래서 뭐 하고 있었어?"

"성훈 님을 기다리고 있었죠."

……왠지 모르게 불길한 기분이 드는 건 왜일까.

"왜?"

"소저, 성훈 님께 도움을 드리고 싶답니다."

"응?"

예상 못한 이야기에 나는 살짝 당황했다.

"뭘 도와줘?"

혹시 요괴의 왕의 정책에 대한 이야기인가?

그렇게 생각하는 내게 가희가 몸을 돌리며 말했다.

"날이 추우니 자세한 이야기는 자리를 옮기고서 드리는 게 좋을 것 같네요. 성훈 님께서 고뿔이라도 걸리시면 제가 경을 치게 되니까요."

하긴, 안방에서 나온 지 얼마 안 됐다 해도 날씨가 워낙 추워야지.

마루가 뻥 뚫려 있으니까 겨울에는 이게 안 좋네.

발바닥도 벌써 차갑고 말이야.

"그래."

"그럼 제 방으로 모시겠어요."

그리고 나는 깨달았다.

내가 지금까지 가희의 방에 가 본 적이 없다는 사실을.

……나, 정말 가희를 어려워하고 있구나.

가희를 따라 들어간 방은 뭐랄까.

조선 시대를 배경으로 한 사극에서 나오는 방을 닮아 있었다. 벽 한쪽에는 병풍을 세워 두고, 그 앞에는 옆으로 누웠을 때 기대기 편해 보이는 베개 같은 게 있다. 당연히 밑에는 요가 깔려 있고 옆에는 이불이 예쁘게 개켜져 있다. 그 맞은편에는 손님용으로 마련해 둔 방석이 있고, 나무로 만든 장식장에는 고려청자나 조선백자 같은 항아리들이 놓여 있다. 방 한 구석에 놓여 있는 거문고와 가야금…….

내가 그 둘을 구분할 줄은 모르지만, 생긴 게 서로 다른 나무로 만든 기다란 현악기가 두 개니까 거문고와 가야금이 맞겠지.

어쨌든 거문고와 가야금이 구석에 놓여 있었고, 꽃병에 피어 있는 붉은색 꽃의 향기가 방 안을 가득 채우고 있었다.

하지만 뭐랄까.

꽃향기가 아닌 인의적인 느낌의 향도 감돌고 있는 것 같은데, 내 기분 탓인가?

"상석에 앉으세요, 성훈 님."

그러는 사이 가희가 병풍 앞에 깔려 있는 요를 가리키며 말했다.

……왠지 저기에 앉으면 안 될 것 같은 기분이 든다. 저승에서 잠깐 했던 장난 때문인지는 몰라도, 사극 속의 임금님처럼 거만한 태도를 취할 것 같단 말이야.

"아니, 괜찮아. 방 주인은 너니까 네가 거기 앉아라."

그렇게 말하고서 나는 실수를 했다는 걸 깨달았다.

만약에 가희가 저기에 앉아서 옆으로 눕기라도 한다면 나는 이야기에 집중할 수 없을 테니까.

안 그래도 위험한 디자인의 스웨터다. 그런데 옆으로 누우면 스웨터가 위로 올라가면서 허벅지가 드러나는 것으로 모자라 중력의 영향을 받은 가희의 커다란 가슴이 스웨터 바깥으로 삐져나…….

"저는 어디까지나 군식구고, 이 집의 주인은 성훈 님이시잖아요?"

지금은 자신의 본능에 충실할 때가 아니구나.

나는 가희의 말에 정신을 바짝 차리고서 말했다.

"내가 집주인처럼 지내고 있긴 하지만, 정확히 말하면 여긴 할아버지 집이야. 그리고…….."

나는 가희를 똑바로 보며 말했다.

"아무리 그래도 군식구는 아니지, 군식구는."

가희가 속을 알 수 없는 미소를 지으며 말했다.

"성훈 님께서 소저를 그리 생각해 주시고 계셨다니, 생각도 못했네요."

말에서 뼈가 느껴지는 건 기분 탓이 아닐 거다.

하지만 나는 어깨를 으쓱하며 넘어가기로 했다.

"뭐, 어떻게 생각하든 네 자유고."

나는 방석을 가져와 바닥에 깔고 그 위에 앉으며 말했다.

"일단 앉아라."

"그 전에 잠깐 찻상을 차려 오겠어요."

차는 무슨 차야.

나는 가희를 올려다보며 말했다.

"아니, 괜찮……."

바로 고개를 숙였습니다.

젠장, 가희가 어떤 옷을 입고 있는지 깜빡했어.

눈가를 지그시 누르고 있는 내게, 가희가 짓궂은 목소리로
말했다.

"왜 그러시나요, 성훈 님? 뭔가 못 보실 거라도 보셨나요?"

못 볼 게 아니라 봐서는 안 될 걸 봤지.

너, 속옷은 도대체 왜 안 입은 거야.

"아니, 됐으니까 일단 앉아."

"성훈 님께서 그리 말씀하시면 따라야지요."

가희가 앉았다.

내 옆에.

"앞에 앉아, 인마."

"그래도 괜찮으시겠어요?"

나는 조금 전에 단절된 생각을 이어서 해 봤고, 이대로가

낫다는 결론을 내렸다.

가희가 앞에 앉아서 이불로 몸을 좀 가려 주면 그만큼 좋은 일이 없겠지만…….

그럴 것 같지는 않거든.

왜 내가 아는 창귀 중에는 제정신인 녀석이 없는 걸까.

"하아……."

나는 깊은 한숨을 쉬고서는 가희에게 말했다.

"네 마음대로 해라."

"마음도 넓으셔라."

내가 가희를 어려워하는 이유 중 하나가 이런 거지.

진심을 느낄 수 없는, 하지만 그럼에도 달콤하게끔 느껴지는 아부.

차라리 세희의 독설이 대하기 편할 정도다.

그런 이유로 나는 바로 본론에 들어가기로 했다.

"그래서 날 도와주고 싶다는 건 어떤 의미야?"

"성훈 님께서 보시기에는 어떤 의미인 것 같나요?"

그렇게 말하며 가희는 자신의 육감적인 신체를 살며시 내게 가져다 댔다.

동시에 나는 주부들의 공공의 적이라 할 수 있는 검은 벌레처럼 샤샤삭 몸을 피했고.

"적어도 이런 의미는 아니길 바란다."

가희가 고운 아미를 늘어뜨리며 말했다.

"소저도 한 명의 여인. 마음에 두고 있는 분이 그리도 싫어

하는 기색을 보이시면 상처 입사옵니다.”

“아니, 됐고.”

어떤 의미로 마음에 두고 있는지는 둘째 치고, 나한테 그런 일은 하지 말아 줬으면 좋겠다고.

가뜩이나 사고 치기 딱 좋은 환경에서 살고 있다.

반년 동안.

반년 동안!

반년이나 말이야!!

여기다 괜한 기름을 더 붓고 싶지는 않아.

그러니 지금은 내가 대화의 주도권을 잡자.

“네가 도와준다는 건, 정책에 대한 이야기냐?”

내가 가희의 색기에 놀아나지 않기 위해서라면 무슨 짓이라도 할 거라는 의지 표명을 보였기 때문일까.

“그렇답니다.”

가희는 순순히 대답했다.

하지만 내가 누구냐.

뒤로 넘어져도 코가 깨지고, 낙법을 취해도 뼈가 부러지는 놈이다.

나는 주의를 풀지 않고 말했다.

“왜?”

가희가 쓰고 있는 가면이 아주 살짝 흔들린 느낌이 들었다.

“성훈 님께 도움을 드리고 싶어 찾아온 소저를 그리 경계하실 필요가 있으신가요?”

살짝 엿보이는 가희의 진심에 나도 조금은 미안한 기분이 드는군.

하지만 말이다.

만약, 가희가 다른 꿍꿍이를 품고 있다고 가정을 해 보자. 그러면 지금 내 태도가 가희가 뜻하는 무언가를 이루기에 방해가 되기 때문에, 내 경계심을 조금이라도 풀기 위해서 일부러 보인 틈이라 생각할 수 있다.

……돌다리도 두드려 본 뒤 랑이를 불러 등에 업힌 채 뛰어넘어가라고 가르쳐 준 세희 덕분에 의심만 늘었군.

물론, 내가 이렇게 생각하고 있다는 걸 말할 이유는 없지만.

"일종의 PTSD 같은 거라고 생각해 줘. 내가 고생한 게 워낙 많잖아."

내 말에 한 치의 거짓도 없기에 가희는 알겠다는 듯 살며시 고개를 끄덕였다.

"그러면 성훈 님을 위해 솔직한 심정으로 말씀드릴게요."

믿을 수 없는 소리를 한 가희가 말했다.

"제가 주인님의 창귀이기 때문이랍니다."

여러 가지 의미로 해석할 수 있는 소리를 하는군.

쉽게 생각하면, 내가 요괴의 왕으로서 제대로 된 정책을 펼치면 냥이에게도 좋은 일이 될 것이라는 해석.

배배 꼬아서 생각하면, 가희가 이루고 싶은 '무언가'를 위해서라는 거겠지.

왜, 예전에 가희가 냥이에게 한 말을 들은 적 있잖아.

자신과의 약조를 어기지 말라는 경고.

그게 어떤 약속인지는 모르겠지만……

그 착하고 발랄했던 가희가 지금처럼 자라게 된 이유를 생각해 보면 그다지 좋은 일은 아닐 거라는 게 확실하다.

"무슨 생각을 그리 곰곰이 하시나요?"

잠깐 정신이 팔린 사이, 은근슬쩍 다가온 가희가 자신의 풍만한 가슴을 가져다 대는 것으로 모자라 내 팔을 그 사이에 꼈다.

어허! 이러지 마! 우리 사이에 이러는 건 아니야! 팔 때문에 조금 전보다 훤히 드러나게 된 옆 가슴도 어떻게 좀 하고!

"무슨 생각이긴."

나는 팔을 뿌리치고서 다시금 거리를 벌린 뒤 가희에게 말했다.

"일부러 의뭉스럽게 말한 네 진의가 뭔지 생각해 보고 있었다."

가희가 짙은 눈웃음을 지으며 말했다.

"어머나, 성훈 님. 보통 이럴 때는 주인님에 대한 충성심의 발로(發露)였다고 받아들이셔야죠. 그것 말고 무엇이 있겠어요?"

지금 그걸 나보고 믿으라는 거냐.

"세희라면 모를까, 너는 좀 의심스러워서."

"……그건 성훈 님께서 소저를 잘못 보신 거예요."

가희는 살짝 불쾌한 목소리로 내게 말했다.

"미천한 태생의 소저입니다만, 다행이 은원에 대해서는 누구보다 잘 알고 있답니다. 고귀하신 세희 님과는 다른 방식이지만 소저 역시 제 주인이신 냥이 님께 진심 어린 마음을 바치고 있다는 이야기지요."

"······그러냐."

"누가 뭐라 해도 소저를 **두 번째**로 거두어 주신 분이거든요. 소저는 언제나 주인님께**만은** 항상 감사하고 있답니다."

가희는 그렇게 말하며 입가를 손으로 가리며 웃었다. 두터운 가면에 손까지 더하니 표정을 읽을 수가 없다.

가희가 냥이에게 **어떤 의미**로 감사하고 있는 지가 신경 쓰이지만, 일단 넘어가자.

아사달을 돌려서 언급한 것도, 다른 사람들에게는 어떤 마음을 품고 있는지도 말이지.

물어봤자 제대로 된 답을 알려 줄 리 없고, 지금 내가 물어볼 건 그게 아니니까.

"그래서, 너는 어떤 정책이 좋을 것 같은데?"

가희가 눈웃음을 지으며 말했다.

"백문이 불여일견이라 하죠. 성훈 님께 소저가 떠올린 미흡한 생각을 직접 보여 드리고 싶은데, 괜찮으시겠나요?"

보여 준다고?

뭘?

어떻게?

가희의 의미심장한 제안 덕분에 마음속에서 본능적인 두려움이 폭발했다.

일단 거절하고 보자.

"아니, 괜찮아. 그럴 필요 없어. 응. 뭔지는 모르겠지만 말로도 충분하다. 일부러 보여 줄 필요는 없어. 그래. 절대로. 난 괜찮으니까. 하지 마. 무조건. 알겠냐?"

"그러신가요……."

가희가 슬프다는 듯 일부러 어깨를 추욱 늘어뜨렸다. 그런다고 해서 내가 허락할 거라 생각하지 마라.

"성훈 님께 보여 드리기 위해 열심히 준비했는데 말이죠……."

살짝 물기에 젖은 눈동자로 은근히 압박을 줘도 통하지 않는다.

만약 가희가 진심이었다면 나도 양심의 가책을 받아 허락했을 가능성이 있었겠지만, 연기라는 게 눈에 보이거든.

"됐고."

그래서 나는 딱 잘라 말했다.

"뭔데?"

뭔가 자존심에 상처를 입은 듯한 가희가 말했다.

"……소저. 지금껏 성훈 님과 같은 사내는 뵌 적이 없어요."

별 상관없는 이야기지만.

예전에 나 같은 놈이 한 명 더 있었으면 세계가 멸망할 거라는 말을 세희가 했었지.

"그래? 그거 다행이네. 그러니까 뭔지나 말해 줘."

후우, 하고 한숨을 쉰 가희가 말했다.

"소저는 성훈 님께서 문화 쪽을 고려해 보시는 쪽이 좋아 보인답니다."

"문화? 그건 세희가……."

"영화를 보류하는 편이 좋다고 하셨죠."

……그러고 보니 그랬지.

하지만 그 이유는 잘 기억하고 있다.

"하지만 문화 관련 사업을 하려면 요괴들도 접하기 편해야 하는데, 그게 안 돼서 그런 거잖아? 거기다 요괴들은 힘을 중요하게 여겨서 관심도 안 가질 것 같다고 했고."

"물론 그렇죠."

그렇게 말하는 가희의 입가에는 여전히 미소가 걸려 있었다.

"하지만 봉신무(封神舞)라면 이야기가 조금 다를 거예요."

……뭔가 처음 듣는 단어가 나왔다.

"봉신무? 그건 또 뭐야?"

"봉신무란 봉신제(封神祭)에서 하늘에 바치는 춤을 이야기한답니다. 하늘의 은혜에 감사하는 마음을 표현한 춤이죠. 그렇기에 하늘을 공경하며 숭상하는 요괴들이라면 관심을 가질 수밖에 없답니다."

흐음?

"무엇보다 말이죠, 성훈 님."

가희가 슬쩍 내 쪽으로 몸을 숙이고서 작은 목소리로 속삭이듯 말했다.

"봉신무는 보는 이가 넋을 놓을 정도로 굉장히 아름답답니다. 인간이든, 요괴든 상관없이 말이죠."

"그, 그러냐."

나는 옆으로 다시금 몸을 뺐다.

이러다 벽에 닿겠네.

"그러니 성훈 님께서 인간과 요괴 중에 인재를 골라 봉신무를 익히게 하여 세상에 내보이시면, 분명 뜻을 이루시는 데 도움이 되실 거랍니다."

아, 그러니까 가희의 의견은 이런 거군.

인간과 요괴로 아이돌 그룹(혼종)을 만듭시다.

아마도 조금 전에 내게 보여 준다고 했던 건, 봉신무라는 춤이었던 거였고.

말리길 잘했다.

저런 옷을 입고 춤을 췄다면 여러모로 민망하다 못해 곤란했을 테니까.

……아니, 지금 이런 바보 같은 생각을 할 때가 아니지.

나는 마음에 걸린 점을 가희에게 물어보았다.

"나는 감도 못 잡겠는데."

그걸 인간과 요괴들이 어떻게 받아들일지 잘 모르겠거든. 워낙 미지의 영역이니까 말이지.

애초에 국가가 나서서 아이돌 그룹을 만드는 경우는 지금까지 없었잖아.

머릿속에서 형체가 없는 안개를 잡으려고 노력하는 내게 가희가 말했다.

"성훈 님, 이리 생각해 보시는 건 어떨까요?"

가희가 다시금 거리를 좁혀 왔지만, 나는 이어지는 이야기를 듣기 위해 자리를 지켰다.

"요괴의 왕의 주도하에 인간과 요괴가 함께 하늘을 공경하는 의식을 행한다고 말이죠."

그제야 나는 가희가 어떤 의도로 아이돌 육성을 추천했는지 알 것 같았다.

요괴들에게 있어 하늘이 꽤나 중요한 위치에 있다는 건 이미 알고 있는 사실이다.

그러니 인간들이 요괴와 함께 하늘을 공경하는 의식, 아니, 춤을 같이 춘다는 것은 충분히 좋은 영향을 끼칠 수 있다는 이야기다.

아, 인간들도 하늘을 공경하는구나~ 같은 동질감을 불러일으킬 수 있다는 뜻이지.

가희의 말대로라면 요괴들도 관심을 가질 수밖에 없다고 했으니까, 접근성 쪽에도 문제가 없어 보인다.

사람들 쪽이야 워낙 아이돌에 익숙해져 있으니까 문제없고.

혼성…… 이 아니라, 혼종 아이돌 그룹이 인기를 끌게 되면 자연스럽게 TV에도 자주 나오고, 예능 쪽에도 출현할 거고. 그러면 요괴들에 대한 인간들의 경계심도 많이 줄어들겠지.

표면상으로는 요괴의 왕이 아이돌 그룹을 만드는 것도 아니고 말이야.

"흠."

꽤나 괜찮은 의견 같다.

의견 같은데…….

"어떻게 생각하시나요, 성훈 님?"

불안하단 말이지.

이 의견을 낸 녀석이 가희라는 게 문제다.

이 녀석이 무슨 생각과 의도를 가지고 움직이는지 알 수가 있어야지.

혹시 모르잖아.

그 봉신무라는 거, 진심으로 하늘을 공경하는 마음을 담지 않고 추면 천벌이 내린다거나.

'감히 봉신무를 상업적으로 이용할 생각을 하다니!' 같은 반응이 요괴 쪽에서 나올 지도 모르고.

"괜찮은 것 같네."

하지만 그렇다고 해서 가희의 의견에 반론을 펼칠 근거가 생각나지 않는다.

어쨌든 안 돼! 무조건 안 돼! 네가 생각한 거니까 일단 반대다!

이런 식으로 말할 수도 없는 노릇이잖아?

"그래도 좀 생각을 해 봐야겠어. 중요한 일이니까."

그러니 시간을 벌어야겠다.

다행인 건, 가희도 이 정도면 충분하다고 생각했는지 살며시 고개를 숙이며 눈웃음을 지어 줬다는 거다.

"지금으로서는 그 말씀만으로도 충분하답니다."

상당히 불길한 소리를 남기면서.

가희와의 대화를 마친 뒤, 나는 내 방으로 기어들어 갔다.

으~ 정신적으로 피곤해. 문제는 여기서 더 피곤해질 구석이 많다는 거다.

정작 나는 제대로 된 정책을 생각하지도 못했고, 저녁을 먹은 다음에는 끔찍한 **지옥 훈련**까지 기다리고 있으니까.

……모르겠다.

아직 평소에 업무를 끝내는 시간까지는 많이 남았고, 저녁시간도 멀었으니까 머리 좀 식히고 있자.

그런 이유로 나는 이불을 꺼내 등을 기대고 핸드폰으로 정보의 바다를 헤엄치기로 했다.

게시판에서 요괴나 요괴의 왕 같은 제목이 보이는 걸 무시하고, 후방 주의나 호불호라는 단어를 주의 깊게 찾아 화면을 눌렀을 때.

"오라버니, 잠깐 괜찮은 건가요?"

갑자기 문 밖에서 치이의 목소리가 들려왔다.

"아, 응! 괜찮아!"

덕분에 평소보다 목소리가 높아지고 말았습니다.

"……이상한 일 하고 계신 거 아닌 건가요?"

전 연령 게시판에 올라온 글을 보는 거니까 이상한 일은 아니지! 그래! 그런 거야!

분명 5분 뒤에는 운영자에 의해서 삭제될 만한 사진이 살짝 보였지만, 괜찮을 거야!

"아니야."

그렇게 말하면서도 나는 재빨리 핸드폰을 주머니 속에 집어 넣었다.

동시에 문을 열고 치이가 들어왔다.

······그런데, 치이야.

방 안에 들어오자마자 주변을 두리번거리며 킁킁 냄새를 맡는 건 오빠로서 조금 복잡한 기분이 든단다.

내가 빤히 바라보자, 치이가 들켰다는 듯이 귀 위 머리카락을 파닥이며 말했다.

"이, 이상한 생각한 건 아닌 거예요! 오라버니 방에서 평소와 다른 냄새가 나서 그런 거예요!"

평소와 다른 냄새?

나는 내 옷에 대고 냄새를 맡아 봤다.

그제야 나는 치이가 무엇을 신경 썼는지 알 것 같았다.

가희가 하도 달라붙어서 그런지, 아니면 방에서 이야기를 해서 그런지 내 옷에도 가희의 냄새가 배었거든.

치이한테는 조금 이상하게 느껴졌을지도 모르겠다.

"아, 그거 가희하고 이야기하느라 그랬던 거야."

"······그런 건가요?"

치이의 눈이 역삼각형 꼴이 되었다.

"왜 그래?"

"아우우우, 아무것도 아닌 거예요."

"아무것도 아닌 게 아닌 것 같은데."

"아무것도 아닌 게 맞는 거예요."

지금 누가 누굴 속이려고 하는지 모르겠다.

하지만 이 상태로 물어봤자 제대로 된 이유를 듣지 못하겠지.

"뭐, 네가 그렇다면 그런 거고."

그래서 나는 방심을 유도한 뒤에, 치이에게 옆에 앉으라고 손짓 했다.

후후후, 옆에 오기만 해라.

새장에 갇힌 새처럼 도망치지 못하게 만든 뒤 실토하게 해 주마.

"……."

하지만 치이는 나를 빤히 바라보더니, 일정 거리를 유지하며 움직여 내 의자에 앉았다.

응?

"왜 거기 앉아?"

치이가 눈살을 찌푸리며 말했다.

"……옆에 앉으면 장난치시려는 게 빤히 보이는 거예요."

오누이의 정이 깊어져만 가는구나.

"칫."

"혀 찬 거예요! 지금 혀 찬 거예요!"

나는 귀 위 머리카락을 파닥이는 치이에게 말했다.

"오빠가 동생한테 장난 좀 칠 수 있지!"

"뭘 그렇게 당당하게 말하는 건가요?!"

"억울하면 너도 나한테 장난치면 되잖아!"

"장난을 안 치면 안 되는 건가요?"

오늘의 생활 TIP.

상대의 타당하고 올바른 주장에 맞설 때는 억지를 부리거나 감성적으로 나서는 게 좋다.

"그래…… 어느덧 우리 치이도 어른이 되어 버렸구나……."

물론, 통할 상대에게만.

그리고 치이는 이런 방법이 통하는 착한 아이지.

"아우우우……."

치이가 내 눈치를 살피며 옆으로 갈까 말까 엉덩이를 들썩이며 고민하고 있다.

크흐흐, 조금만 더 구슬리면 되겠군.

나는 치이가 올바른 선택을 할 수 있도록 도와주기로 했다.

"아, 그리고 거기 앉으면 팬티 보인다."

거짓말이지만.

"꺄우우우?!"

하지만 그 사실을 모르는 치이는 화들짝 놀라서는 치마를 꾸욱 눌렀다.

의자에 앉아 있는 채로.

……바닥에 내려와 앉을 줄 알았는데 말이지.

노림수가 빗나간 것에 대해 반성하고 있는 내게, 살짝 볼을 붉힌 치이가 귀 위 머리카락을 파닥이며 외쳤다.

"오라버니는 변태인 거예요! 로리콘인 거예요! 이상 성욕자인 거예요!"

나는 가슴을 피며 말했다.

"그렇다. 그게 나다."

"……."

"우헤헤헤, 팬티! 팬티를 보자!"

"…………."

"이 방에 혼자 들어온 이상 각오는 했겠지이이~!"

"………………."

모멸감이 가득 담긴 치이의 시선에 나는 백기를 들었다.

"농담이야."

"……농담이라 보기엔 정도가 심했던 거예요."

방 밖에 불고 있는 바람보다 싸늘한 목소리로 말한 치이가 의자에서 일어나 문 앞에 섰다. 그대로 나가려나 싶어 일어나려고 할 때.

고개만 뒤로 돌린 치이가 내게 말했다.

"질 나쁜 농담만 하는 변태 오라버니한테는 할 말 없는 거예요."

내가 생각해도 손목에 수갑을 찰 만한 짓을 한 다음이라 할 말이 없군.

이대로 있다가는 치이가 정말 문을 열고 나갈 것 같기에, 나는 무릎을 꿇고 후다닥 움직여서 치이를 끌어안았다.

"꺄우우우?!"

치이가 깜짝 놀라서 비명을 질렀지만 그렇다고 놓아줄 생각

은 없다.

"미안해, 내가 말이 너무 심했어."

"이, 이거 놓는 거예요!"

"앞으로는 조심할 테니까 화 풀어 주면 안 될까?"

"일단 놓고 이야기하는 거예요, 오라버니!"

"아, 미안."

나는 두 팔을 풀고 뒤로 물러섰다.

치이가 엉덩이를 두 손으로 가리고는 몸을 돌리며 말했다.

"정말……!"

등 뒤에서 급히 끌어안는 바람에, 의도치 않게 치이의 엉덩이 근처에 얼굴을 묻고 있는 꼴이 되어 버렸거든.

……사과하려고 붙잡았는데 사과할 일이 더 늘어 버렸다.

"미안."

"……일부러는 아닌 거죠?"

여러분은 지금 평소 행실을 바르게 해야 하는 이유를 보고 계십니다.

"이런 상황에서 그러겠냐."

"……"

나는 양쪽 눈이 일(一)자가 된 치이에게 말했다.

"아니, 진짜라니까. 아무리 나라고 해도 화가 난 너한테 그런 짓은 안 해."

치이가 깊은 한숨을 내쉬며 말했다.

"그러면 된 거예요."

어느 정도 화가 풀렸는지, 치이가 다시 의자에 앉았다.

"오라버니도 제 앞에 앉으시는 거예요."

스스로 오빠의 권위를 발로 차 버린 나는 치이의 말에 따랐다.

"들어 보시는 거예요, 오라버니."

"응."

"아무리 저하고 오라버니 사이라 해도, 장난으로 해도 될 말이 있고 안 되는 말이 있는 거예요."

"그렇지."

"조금 전에는 너무 심했던 거예요."

"응."

"그래서 살짝 화났던 거예요."

살짝이 아닌 것 같지만 나는 고개를 숙였다.

"미안."

"아시면 된 거예요."

두 눈을 감고 후우, 하고 한숨을 내쉬는 걸로 치이의 표정이 완전히 풀렸다.

아, 조금 무서웠어.

평소에는 못된 장난도 잘 받아 주는 착한 치이지만, 알다시피 화가 나면 무서워지는 부분이 있으니까.

그래도 말을 놓은 정도까지는 안 갔으니 다행이다.

"……"

"……"

어색한 분위기는 어떻게 할 수 없지만.

조금 전에 화를 낸 것 때문에 치이의 시선은 한 곳에 머물러 있지 못했고, 나는 내가 한 변태적인 언행 때문에 방구석만 바라보고 있다.

이렇게 어색한 분위기 속에서 치이와 있는 건 도대체 얼마만인지 잘 기억도 안 나는군.

이런 분위기를 만든 건 내 잘못이기에, 나는 있는 힘껏 머리를 굴린 뒤 치이에게 말했다.

"그, 그보다 무슨 일이야?"

살짝 말을 더듬었지만.

"벼, 별일은 아닌 거예요."

다행인 건 치이도 나와 마찬가지였다는 거다.

귀 위 머리카락을 파닥이며 자신의 실수를 부끄러워하던 치이가 슬쩍 의자에서 엉덩이를 떼며 내게 말했다.

"……여긴 너무 머니까 옆으로 가는 거예요."

나는 고개를 끄덕였다.

사이좋은 오누이가 거리를 두고 앉아서 이야기를 하는 건 이상하잖아?

하지만 치이는 그렇게 생각하지 않는지 뭔가를 살짝 고민한 뒤에야 조심스럽게 내 옆에 다가와 앉았다.

한 뼘 정도의 거리를 두고서 말이야.

그리고.

"아우우웃!"

그대로 두 팔을 펼치고 뒤로 몸을 젖혔다.

큰 대(大)자가 아니라 열 십(十)자로.

나는 갑자기 푹신한 솜이불에 몸을 던진 치이를 내려다보면서 말했다.

"……뭐 해?"

치이가 새빨개진 얼굴을 옆으로 돌리고는 귀 위 머리카락을 격렬히 파닥이며 말했다.

"자, 장난을 치고 싶으면 마, 마음대로 하는 거예요!"

아니, 갑자기, 왜?

내가 얼이 빠진 채로 내려다보고 있자, 한층 더 얼굴을 붉힌 치이가 더듬으면서 말했다.

"아, 아까는 오라버니한테 조, 조금 심하게 말한 거예요! 그러니까 그런 거예요! 그러니까 그런 줄 아는 거예요!"

……그, 그런 거였냐.

내가 경멸의 시선을 받는다거나, 혼나는 데 너무 익숙하다 보니까 그런 이유일 줄은 상상도 못 했다.

그사이에 치이는 불안한 마음에 훤히 드러난 어깨를 바들바들 떨면서 이미 모든 각오를 한 듯 두 눈을 꼬옥 감고 있었…….

아니, 한쪽 눈은 아주 살짝 뜨고서 이쪽의 동향을 살피고 있구나.

그러면, 내가 지금 할 일은.

"웃차."

치이의 옆에 눕는 거다.

두 손은 깍지를 껴서 머리 뒤에 놓고 말이야.

솜이불이 푹신해서 좋구면~

그렇게 잠시 시간을 보내자.

"······아우우우?"

계속 곁눈질 하고 있던 치이가 결국 참지 못하고 내게 말을 걸었다.

"아, 아무 것도 안 하시는 건가요, 오라버니?"

해석하자면, 이 귀엽고 사랑스러운 여동생이 큰맘 먹고 짓궂은 오라버니한테 마음대로 장난을 쳐도 된다고 허락을 했는데 지금 옆에 누워서 손 하나 안 대고 뭘 하고 있냐, 라는 거겠지.

나는 고개만 돌려서 치이를 바라보며 말했다.

"뭐, 오랜만에 이런 것도 좋은 것 같아서."

평소에는 내가 치이만 보면 장난을 치기 십상이었으니까 말이지.

가끔씩은 이렇게 평온한 시간을 같이 공유하는 것도 좋지 않겠어?

······절대로 겁먹은 게 아닙니다.

응, 아니야.

오빠가 된 입장에서 여동생이 화 좀 냈다고 겁먹을 리가 없잖아?

하하하.

"아우우우, 그건 저도 그런 거지만······."

다만 치이는 일생일대의 각오가 허투로 돌아간 것에 허무함을 느끼고 있는 것 같다.

그렇다면.

"자."

나는 한쪽 팔을 치이의 머리 위쪽에 뻗었다.

위치상 내 겨드랑이 쪽을 바라보던 치이가 장난기 가득한 목소리로 내게 말했다.

"오라버니는 결국 오라버니인 거예요."

나는 아무 말도 하지 않았다.

그게 정답이었다는 듯, 치이는 내 팔을 잡아끌어 아래로 내린 뒤에 머리를 기댔다.

팔을 굽혀서 이쪽으로 굴러오게 만들까 고민했지만, 그건 나중으로 미루자.

……치이가 또 화를 낼까봐 걱정되는 게 아니다.

치이가 하고 싶은 말이 있어서 내 방에 찾아왔다는 걸 기억하고 있어서야.

뭐, 그래도 말이지. 오누이의 정을 나누는 시간을 조금 더 가진 다음에 물어봐도 괜찮을 거다.

"그래서 말인 건데요."

치이는 그렇게 생각하지 않는 것 같지만.

좀 아쉬운데? 나는 조금 더 이렇게 있고 싶은데 말이지.

그래서 나는 짐짓 모르겠다는 식으로 대답했다.

"응?"

눈매를 일(一)자로 만든 치이가 말했다.

"처음에 오라버니한테 하고 싶은 이야기가 있어서 왔다고 말한 거예요."

더 이상 모른 척할 수도 없겠군.

"아, 응. 그거 말이구나? 알고 있어."

"……."

거짓말 아니다, 이 녀석아.

사람을 뚫어지게 바라보던 치이는 이상하게 분해 보이는 표정으로 입을 열었다.

"저는 농담인지 아닌지 알 수가 없는 거예요."

치이가 누구와 자신을 비교하는지는 말 안 해도 알 수 있다.

그런데 보통 그게 정상이지 않을까.

사람의 목소리의 높낮이를 통해 거짓말 유무를 알 수 있는 나래나, 남의 머릿속을 꿰뚫어 보는 세희나 성린이 이상한 거라고.

지금 내가 할 일은 치이가 이상한 자괴감에 시달리지 않도록 해 주는 거지만.

"농담 아니다."

나는 치이를 향해 몸을 돌리고서, 관심을 돌리기에 가장 좋은 화제를 꺼냈다.

"그래서 하고 싶었던 이야기가 뭐야?"

"아우우우, 그게, 그런 거예요."

내 속셈에 홀딱 넘어간 치이가 말했다.

"오라버니는 집안일 학원을 만드는 건 어떻게 생각하시는 거예요?"

……집안일 학원?

요괴의 왕이 집안일 학원을 세운다고? 너무 황당하지 않을까?

"으음……."

덕분에 나는 신음성을 흘릴 수밖에 없었다.

내 표정이 좋지 않다는 것을 본 치이가 귀 위 머리카락 한 쪽을 파닥이며 급히 말했다.

"이유가 있으니까 먼저 들어 보시는 거예요!"

"응."

치이가 말했다.

"인간이든 요괴든 먹고 자는 건 그렇게 큰 차이가 없는 거예요."

우리 집 아이들만 봐도 잘 알 수 있는 사실이지.

"그래서 아무리 힘이 강한 요괴라고 해도 누가 대신해 주지 않는 이상 집안일은 반드시 자기가 해야 하는 거예요."

쓰레기장에서 살고 있는 기린이 떠오르는군.

"그러니까 요괴들도 집안일을 배우는 장소가 생기면 분명 관심을 가질 거예요."

응? 그게 왜 그렇게 되냐?

나는 그 점을 묻고 싶었지만 치이가 열성적으로 자신의 생각을 말하기에 잠시 뒤로 미루기로 했다.

"가장 중요한 건 같이 요리를 배울 수 있다는 거예요! 같이 만든 음식을 함께 먹다 보면 없던 정도 생기게 되니까요!"

이건 맞는 말 같다.

내가 아이들과 지금처럼 친해질 수 있었던 것 중 하나가 그런 이유였으니까.

적어도 지금까지 따로따로 밥을 먹은 적은 없다.

……내가 잠깐 맛이 갔을 때 있었던 것 같지만, 어쨌든 없다고 하자.

"바느질이나 자수도 좋은 거예요. 인간과 요괴, 양쪽 다 쉽게 다가설 수 있는 취미인 거예요. 같은 취미를 가지면 친해지는 것도 빠르고요."

사람은 다른 사람과 공통점을 발견하면 쉽게 친해지는 법이니까.

나와 세현이 그랬듯이.

치이가 두 손을 가슴팍에 모으고 열띤 눈동자를 내게 향하며 말했다.

"그러니까 요괴하고 인간들이 함께 집안일을 배울 수 있는 학원을 만들면, 분명 효과가 있을 거예요!"

잠깐 사이에 생각한 거라고는 볼 수 없을 정도로 괜찮은 생각이다.

특히, 뭔가를 같이 배운다는 게 정말 좋은 생각인 것 같다.

같은 걸 배우며 친밀감을 형성하는 것도 그렇지만……

뭔가를 배운다는 건 가르치는 사람, 즉, 선생이 필요하다는 뜻이다.

다시 말해서, 인간과 요괴를 통제할 수 있는 역할을 부여받는다는 거지.

그것도 합법적으로. 누구의 눈치도 보지 않고.

이건 나래의 의견에 힘을 실어 줄 수 있겠네.

나는 치이의 주장을 마음속에 새겨 두기로 했다.

다만…….

나는 조금 전에 들었던 의문점을 조금 돌려서 치이에게 물어보았다.

"근데 진짜 인간이나 요괴가 집안일을 배우는 데 관심을 가질까?"

왜냐하면, 집안일은 귀찮으니까.

랑이와 만나기 전까지 집안일을 도맡아 한 나는 당당히 말할 수 있다.

집안일은 힘든 게 아니라 귀찮은 일이다.

집안일이란 매일매일 반복되는, 끝이 없는 노동이니까.

즉, 거기에 재미를 느끼는 사람은 거의 없다 해도 이상할 게 없는…….

"대요괴들은 다른 요괴들을 시키면 되니까 관심을 안 가질 것 같다는 이야기인 건가요?"

응?

내 말을 잘못 이해한 치이가 밝은 목소리로 말했다.

"걱정하실 것 없는 거예요. 대요괴 중에서는 힘을 기르는 데 방해라고 힘이 약한 요괴들을 곁에 안 두는 분들이 많은 거예요. 그러니까 오라버니가 걱정하실 만한 일은 없는 거예요."

자신만만하게 말하는 치이를 보니 조금 직설적으로 이야기할 필요를 느꼈다.

"아니, 그런 게 아니라."

"아우우우?"

"집안일은 귀찮잖아? 그런데 인간이나 요괴가 그렇게 관심을 가질까?"

치이가 두 눈을 동그랗게 뜨며 말했다.

"무슨 말씀이신 건가요, 오라버니. 집안일은 재밌는 거잖아요?"

있었다.

바로 여기에.

집안일을 귀찮아하지 않는 녀석이.

갑자기 멀게만 느껴지는 치이가 말했다.

"방이 깨끗해지면 기분 좋은 거예요. 새로운 요리를 배우고 맛있는 밥을 같이 먹으면 행복한 거고요."

나는 말을 고르고 고른 뒤 치이에게 말했다.

"페이는 그렇게 생각하지 않는 것 같은데."

치이가 딱 잘라 말했다.

"그건 페이가 이상한 거예요."

人人人人人人人人人人人人人

《그건 페이가 이상한 거예요!》

YYYYYYYYYYYYYYYYYY

페이야아아아아!

네 절친이 널 이상하다고 생각한다아아아!

마음속으로 페이를 부르고 있는 내게 치이가 말했다.

"우리 집만 봐도 저하고 나래 언니하고 세희 언니하고 누가 요리하고 청소할 건지 매일매일 눈치 싸움 벌이는 걸요?"

그, 그랬냐?

랑이와 만난 뒤로는 강제로 집안일과 거리가 멀어진 나라서 눈치 못 챘다.

하지만 뭐랄까.

너는 몰라도 나래하고 세희는 조금 다른 이유인 것 같은데.

예를 들어, 저 성격 나쁜 창귀에게 지고 싶지 않다거나, 저 곰의 일족 수장에게 집안일을 맡길 수 없다거나, 나한테 잘 보이고 싶다거나, 안주인님의 식사는 내가 챙긴다거나.

그런 사심이 듬뿍 담긴 눈치 싸움을 벌이고 있는 게 아닐까.

문제가 있다면, 그저 집안일이 재밌기 때문에 열심인 치이의 두 눈에는 한 치의 의혹도 보이지 않는다는 거다.

세상 사람들이 모두 자기와 같을 거라 믿어 의심치 않는 치이가 말했다.

"그러니까 분명 괜찮을 거예요."

"그, 그래……"

"아우우우?"

내가 석연치 않은 표정을 짓는 게 마음에 걸린 걸까. 치이가 고개를 갸웃거리며 내게 말했다.

"왜 그런가요, 오라버니?"

말해야 하나.

이걸 말해야 하나.

이걸 말하면 치이가 상처 입지 않을까.

하지만 그럼에도 나는 말해야 했다.

"치이야."

"아우—우—우?"

나는 치이의 어깨에 손을 올리고 진지한 표정을 짓고 목소리에 힘을 담아 말했다.

"그건 네가 이상한 거야."

네가 이상한 거야~ 네가 이상한 거야~ 네가 이상한 거야~

치이의 눈에서 초점이 사라진 걸 보니까 머릿속에서 내 목소리가 메아리치고 있는 게 아닐까 싶다.

"치이야?"

"······."

"치이야, 내 말 듣고 있어?"

"······."

"강치이?"

그제야 치이의 눈에 생기가 돌아왔다.

"제가 왜 바다사자인 건가요?! 저는 까치인 거예요!"

거기서 왜 바다사자가 나오는 거야?

그 이유는 잘 알 수 없었지만, 치이가 정신을 차렸으니까 괜찮겠지.

"아니, 뭐, 농담이고."

나는 자신의 정체성을 의심받아 귀 위 머리카락을 파닥이고 있는 치이에게 말했다.

"너희들을 만나기 전까지 집안일을 전담했던 내가 단언하는데, 보통은 집안일을 하는 걸 귀찮아하고 싫어해."

치이가 눈에 힘을 주며 말했다.

"그건 오라버니가 페이처럼 게을러서 그런 거예요!"

예, 제가 게으른 면이 없다고는 말 못합니다.

페이처럼.

하지만 지금은 내 주장이 단순히 나를 근거로 삼지 않았다는 걸 치이에게 알려 줄 시간이다.

"아니, 진짜라니까."

나는 치이에게 가깝게 다가간 뒤, 주머니에서 핸드폰을 꺼내며 말했다.

"잘 봐 봐."

나는 핸드폰을 켰다.

화려하면서 야한 속옷을 입고 계신 아름다운 여성분의 사진이 화면을 가득 채웠다.

"이, 이게 아니라!"

깜빡하고 있었어! 치이가 들어오기 전에 내가 핸드폰을 가지고 뭘 보고 있었는지!

"꺄우우우우!!"

나보다 훨씬 놀란 치이가 화악, 얼굴을 붉히고서는 튕기듯이 일어나서 나와 거리를 벌렸다.

마음의 거리는 그 두 배로 멀어진 것 같지만, 제발 내 기분 탓이었으면 좋겠다.

"도, 도대체 뭘 보여 주는 건가요?! 저한테 그런 걸 입히고 싶은 건가요?!"

"아니, 그럴 리가 있겠냐?! 내가 너한테 왜 이런 걸 입히는데?!"

그런 곤란한 경험은 한 번이면 족하다!

"그건 그것대로 화가 나는 거예요! 안 어울릴 것 같은 건가요?! 저는 안 어울릴 것 같아서 그런 건가요?! 저도 어른이 되면 아까 여성분보다 커지는 거예요! 훨씬 대단해지는 거예요!"

그건 알지만!

"왜 이야기가 그렇게 되는데?!"

조금 전만 해도 복숭아 같던 치이의 볼이 잘 익은 사과처럼 붉어졌다.

"꺄우우우우! 오라버니 탓인 거예요! 음란한 오라버니 때문인 거예요!"

저러다가 파닥이는 머리카락 때문에 공중에 붕 뜨겠다.

일이 이 지경이 된 건 내 잘못이 크다. 어떻게든 무마시켜야겠다.

나는 재빨리 인터넷 검색창에서 검색어를 입력하고서 치이에게 말했다.

"어, 어쨌든 이거 봐 봐."

"또, 또 뭘 보여 주려는 건가요?!"

하지만 치이는 고개를 돌린 채 두 손으로 얼굴을 가렸다.

"아니, 진짜 이상한 거 아니니까! 아까는 잘못 누른 거야!"

"믿을 수 없는 거예요! 절대 믿을 수 없는 거예요! 오라버니가 저한테 거짓말하고 있는 거예요!"

거짓말 맞습니다.

의지와 기대를 가지고 누른 거니까요.

하지만 이럴 때는 억지로라도 밀어붙여야 한다!

"진짜라니까! 이 오빠 한 번 믿어 줘라! 응? 이번에도 그런 거면 내가 네 소원 하나 들어줄게!"

그렇게 오빠라는 말을 하고서야……

"소, 소원인 건가요."

……아니, 내가 소원이라는 말을 꺼내고서야 치이가 조심스럽게 손가락 사이를 벌려 이쪽을 힐끗 훔쳐보았다.

"하, 한 번만인 거예요……"

핸드폰 화면에 어린아이들이 접하기에는 자극적인 사진이나 그림이 보이지 않는 걸 확인한 후, 치이가 두 손을 내렸다.

"아우우우?"

그리고 인터넷 게시글에 관심이 생겼는지, 가까이 다가와 목을 빼고 화면을 바라보았다.

휴…….

한숨 돌렸군.

"……믿을 수 없는 거예요."

치이는 살짝 충격에 빠진 모양이지만.

그도 그럴 거다.

내가 인터넷 검색창에 입력한 검색어는, '집안일 귀찮다'였다. 당연히 집안일 귀찮다는 글이 쭈욱 올라오게 돼 있지. 집안일 재밌다, 로 검색하면 조금 다를까 모르겠네.

지금은 상관없는 이야기지만.

"봐, 보통은 집안일을 그렇게 좋아하지 않는다고."

매일매일 닦고 씻고 쓸어 낸다!

아까 말했듯이, 끝도 없이 반복되는 집안일을 좋아하는 사람이 얼마나 있겠어?

하지만 치이는 자신이 세상의 주류가 아닌 괴짜라는 사실을 처음 접했는지, 흔들리는 눈으로 핸드폰 화면을 바라보았다.

"그, 그럴 리 없는 거예요."

……지금의 치이를 보고 있자니 갑자기 세현이 보여 줬던 만화의 한 장면이 떠오르는군. 아이들을 위한 밝고 희망찬 만화는 아니었으니까, 무슨 내용이었는지는 말하지 않겠다.

"진짜라니까."

나는 스크롤을 내리면서 그런 글이 한두 개가 아니라는 것을 보여 줬다.

그제야 치이는 현실을 받아들였는지 어깨를 추욱 늘어뜨리고 힘없는 목소리로 말했다.

"아우우우……."

그 모습이 살짝 안쓰러워서, 나는 치이의 어깨를 툭툭 두드리며 말했다.

아니, 말하려고 했다.

"집안일의 재미를 모르는 사람들이 불쌍한 거예요."

그쪽이냐!

기분이 축 처진 게 그런 이유였어?!

하지만 그런 걸 따져 봤자 의미 없기에, 나는 낮은 한숨과 함께 털어 버리고서 치이에게 말했다.

"어쨌든 그런 이유로 집안일 학원을 만드는 건 좀 힘들 것 같아."

"……그러면 어쩔 수 없는 거예요."

나는 더욱 침울해진 치이의 머리를 쓰다듬으며 말했다.

"그래도 좋은 의견을 내 줘서 고마워. 많은 도움이 됐어."

"……위로 안 해 주셔도 되는 거예요."

나는 피식 웃으며 말했다.

"정말이야."

"아우우우……."

아무래도 믿지 못하는 눈치라, 나는 치이 덕분에 떠오른 생각을 말했다.

인간과 요괴들을 가르치는 것을 전제로 두면, 눈치를 보거나, 기분을 상하게 하지 않고서도 양쪽을 통제할 수 있다는 이야기를.

그제야 치이가 기운을 차리고서는 환한 미소를 지으며 말했다.

"오라버니를 도와 드릴 수 있어서 정말 다행인 거예요!"

하지만 치이와 달리 나는 가슴 속에 밀려오는 씁쓸함을 어떻게 할 수 없었다.

아침 회의가 끝난 지 몇 시간이나 지났는데도 난 이렇다 할 좋은 생각을 못했거든.

우리 집 아이들이 똑똑한 걸까, 아니면 내가 멍청한 걸까. 아니, 사실은 아이들이 나를 위해 쉬는 시간도 없이 열심히 생각을 해 줬기 때문이겠지.

저는 태평하게 낮잠을 잤습니다만!

뭔가 상당히 고맙고, 부끄럽고, 미안한 기분이 든다.

이 오라버니가 미안하다! 제대로 된 정책 하나 생각해 내지 못한 이 요괴의 왕이 무능한 탓에 너희들이 고생하는구나!

"아우-우우? 무슨 생각하시는 건가요?"

정신을 차리니 치이가 내 눈치를 살피고 있었다.

나는 사실대로 말했다.

"고맙고 미안해서."

"아우-우-우?"

"나는 아직 이렇다 할 방법이라고 할까, 정책이라고 할까,

의견이라고 할까, 주장이라고 할까, 그런 걸 생각 못했거든."

치이가 말했다.

"아무도 오라버니한테 그런 걸 바라지는 않는 거예요."

내 가슴에 대못을 박는 소리를.

순간 울컥해서 양손으로 치이의 뺨을 아프지 않게 살짝 잡아당기며 말했다.

"야, 야. 그건 좀 아니지 않냐? 응?"

"꺄우우우?! 아픈 거예요!"

아프면 놔줘야지.

손을 놓아주자 치이가 두 손으로 볼을 매만지며 말했다.

"폭력 금지인 거예요!"

"애정 어린 스킨십이었다."

"어디에 애정이 있는 건가요?"

'내 가슴 속에!'라고 말하고 싶었지만, 치이의 싸늘한 시선이 돌아올 것 같아서 그만 뒀다.

그리고 그건 옳은 선택이었다.

"그리고 그런 의미로 말한 게 아닌 거예요."

치이가 자신의 생각을 말로 전해 왔으니까.

"응?"

"처음에 만났을 때의 오라버니는 멍청하고 음험한 변태 로리콘이었던 거예요."

다시 한번 볼을 꼬집어 줄까, 아니면 손가락으로 쿡쿡 찔러줄까 고민하고 있는 내게 치이가 말했다.

"하지만 지금은 어느새 임금님이 되어 버린 거예요. 하늘의 인정도 받았고, 냥이 님의 인정도 받았고, 저승에서 염라대왕 님하고 친구도 된 대단한 분이 되신 거예요. 원래라면 저같이 힘이 약한 요괴는 함부로 말도 못 붙일 분이 된 거라고요."

……그렇게 생각하고 있었어?

당황한 나는 치이에게 그건 네가 잘못 생각하고 있는 거라고 말하려고 했다.

그럴 필요는 없었지만.

"하지만 저한테 오라버니는 오라버니인 거예요. 변태에 로리콘에 음험하고 멍청한 데다가……."

치이가 말했다.

"언제나 믿음직스럽고 상냥한 마음을 가진 제 오라버니인 거예요."

"치이야."

치이가 나를 바라보았다.

지금 이 순간만은 치이가 내 동생이 아닌, 나보다 오랜 시간을 살아온 한 명의 여자로 보이는 기분이 들었다.

"그런 오라버니한테 세희 님이나 냥이 님처럼 어려운 문제를 확! 하고 한 번에 해결하는 건 우리 집에서 아무도 기대하지 않는 거예요. 그러니까 너무 부담 가지지 마시는 거예요."

뭐, 그것도 한순간이었지만.

아니, 뭐, 치이야.

네 말이 맞긴 한데, 그렇다고 그걸 사실대로 말하면 내 자존심이라고 할까…….

오빠로서의 무언가가 좀 깎여 나가는 기분이 들거든?

"아우우우?"

그런 내 마음을 이해 못 한 치이가 당황한 목소리로 내게
말했다.

"왜 그렇게 상처받았다는 표정인 건가요, 오라버니?"

나는 치이에게 말했다.

"치이야…… 혹시 너, 돌직구라는 말 아니?"

팩폭, 혹은 팩트 폭력이라 하는 편이 나한테는 더 익숙하지
만, 치이는 그런 단어는 잘 모르는 편이니까 말이지.

단어 선택을 잘한 덕분에 치이는 내가 무슨 말을 하고 싶은
지 단숨에 이해한 눈치다.

"……."

눈을 가늘게 뜨고 내 가슴을 쿡쿡 찌르는 건 왜 그런지 잘
모르겠지만.

"왜. 뭐."

치이가 퉁명스럽게 말했다.

"이런 거는 돌직구도 아닌 거예요."

"그러면?"

"말해도 되는 건가요?"

나는 잠시 마음속 저울에 이것저것 올려 둔 다음 추를 재
봤다.

음.

안 듣는 게 좋겠어!

"아니, 하지 마."

치이가 살짝 내 쪽으로 다가와서는 말했다.

"듣고 싶지 않은 건가요?"

으으음~

당연히 치이가 날 어떻게 생각하는지에 대한 건 듣고 싶다. 듣고는 싶은데.

어떤 의미로든지 지금의 나로서는 조금 힘든 이야기를 들을 것 같아서 말이지.

"아니, 괜찮다. 응. 괜찮아."

"아우우우, 조금 아쉬운 거예요."

치이는 정말로 아쉬운 듯 귀 위 머리카락을 추욱 늘어뜨렸다.

나 역시 치이의 마음을 알고 있기에 마음이 아프지만……

그래도 할 말은 해야겠다.

"그건 그렇고 나도 오기가 생기는데."

"아우우우?"

갑자기 무슨 소리냐고 되묻는 치이에게 나는 말했다.

"말했잖아. 누구도 나한테 기대하지 않는다고."

치이의 눈매가 가늘어졌다.

"그걸 또 신경 쓰고 계신 건가요?"

"그래."

"오라버니는 의외로 좀생이 같은 부분이 있는 거예요."

의외로, 라니.

"난 원래 속이 좁다고."

원한은 잊지 않고 은혜는 잊는 게 나다.

"그런 이유로 슬슬 나가라. 지금부터 너희들이 반박할 수 없는 제대로 된 정책을 생각해야 하니까 방해하지 말고."

치이가 깜짝 놀라서는 귀 위 머리카락을 파닥이며 말했다.

"방해라고 한 거예요! 지금 저를 방해라고 한 거예요!"

그러거나 말거나 나는 치이의 겨드랑이 사이에 두 손을 집어넣어 들어 올린 뒤.

"꺄우우우우?!"

발로 문을 연 다음에 치이를 밖에 내려놓으며 말했다.

"좋은 의견 말해 줘서 고마워."

치이는 내 말과 행동이 다른 것 때문에 당황했는지 귀 위 머리카락을 파닥였다.

그러거나 말거나, 나는 치이에게 잘 가라는 뜻으로 손을 흔들어 준 뒤 문을 닫았다.

조금 너무한 것 같긴 하지만, 나도 어쩔 수 없다.

치이뿐만 아니라, 어떤 아이들이 옆에 있다 해도 신경이 쓰여서 생각에 집중을 못 하게 될 테니까 말이지.

"너무한 거예요!"

문밖에서 치이가 불만을 터트렸다. 이대로 보내는 건 양심의 가책이 느껴지는군.

그래서 나는 문을 살짝 열고 얼굴만 내민 채로 치이에게 말했다.

"응, 알았으니까 잘 들어가고."

오랜만이었다.

"오라버니는 바보 멍청이 똥개인 거예요!"

치이가 내게 삿대질을 하는 건.

* * *

겨울의 밤은 빠르다.

아직 오후 6시 정도인데 해는 초저녁에 넘어갔고, 어두운 밤하늘이 세상을 뒤덮고 있었다.

그동안 뭐 했냐고?

머리를 싸매고 뭐라도 좀 생각해 보려고 노력했지.

낮에 들었던 아이들의 의견을 하나하나 떠올리며 좋았던 점들을 정리하기도 했고.

덕분에 어느 정도 생각이 정리가 되었다고 할까, 아이들의 의견을 물어볼 정책이 어렴풋이 떠오르긴 했다.

떠오르긴 했는데.

다다다닷!

마루를 가로지르며 나 들으라고 낸 발소리 덕분에 아직은 머릿속의 아지랑이로 남겨 둬야 할 것 같다.

"성훈아~! 밥 먹으러 가자꾸나!"

활짝 방문을 연 랑이의 환한 미소를 보니 다른 건 생각하고 싶지 않거든.

"벌써 그렇게 됐어?"

나는 그렇게 말하며 슬쩍 시계를 보았다.

"벌써가 아니니라!"

랑이가 제자리에서 발을 동동 굴리며 말했다.

"내가 이 시간을 얼마나 기다렸는지 아느냐? 너와 서로 머리를 맞대고 생각하고 싶은 것도 열심히 참았느니라!"

흠?

랑이의 이야기를 들어 보니, 아무래도 세희가 오늘 내가 서류 정리를 하는 게 아니라 정책에 대해 고민하는 시간을 가지기로 했다는 이야기를 한 것 같다.

그건 그거고.

나는 의자를 돌려 자리에서 일어나며 랑이에게 말했다.

"왜 참았어?"

랑이가 말했다.

"성훈이가 눈앞에 있는데 내가 어떻게 다른 생각을 할 수 있겠느냐?"

"그, 그래."

나도 같은 마음이지만, 그렇다고 해서 그걸 입에 담는 건 다른 이야기지.

"으냐아? 성훈이는 나와 다르느냐?"

하지만 랑이는 내게 그걸 바랐다.

나는 물음표가 된 랑이의 머리카락을 손바닥으로 누르며 말했다.

"그럴 리가 있겠냐."

"헤헤헷, 다행이니라!"

그건 그렇고 방문을 연 채로 있으니까 춥군.

무엇보다 지금껏 살아오면서 길러진 가난뱅이 근성이 이런 상황을 용납 못 하고 있다.

겨울철 난방비, 우습게 보면 안 됩니다.

"그럼 갈까?"

"응!"

나는 랑이의 손을 잡고 안방으로 향했다.

안방의 분위기는 평소와 다름없었다.

그 사이에 냥이도 화가 다 풀린 것 같네.

"흥!"

나를 보자마자 고개를 휙 돌렸지만, 그래도 저 정도로 끝나는 게 어디냐.

"응?"

랑이는 나와 냥이를 번갈아 바라보며 조금 당황한 눈치였지만, 그것도 잠시.

내가 조금 난감해하는 미소를 지으며 머리를 쓰다듬어 주자 언제 그랬냐는 듯 헤헤헷, 웃음을 흘렸다.

나는 방문을 닫고서 비어 있는 상의 중앙 쪽, 그러니까 성린을 안고 있는 성의 누나와 나래의 사이에 앉았다.

평소라면 랑이도 내 무릎 위에 앉으려고 하다가 나래와 귀여운 말다툼을 벌였겠지만, 조금 전의 냥이가 보였던 행동 때문일까.

냥이의 옆에 앉아서는 기분을 풀어 줄 생각인지 어깨를 비 볐다.

"갑자기 왜 그러느냐, 흰둥아."

"그냥 검둥이가 너무 좋아서 말이니라."

"크, 크흠! 새삼스레 뭘 그런 말을 하느냐."

냥이가 살짝 얼굴을 붉히며 헛기침을 했다.

잘한다, 랑이야. 역시 냥이의 기분을 풀어 주는 데는 랑이 가 최고지.

"오셨습니까."

그 흐뭇한 모습을 조금 더 보고 싶었지만, 세희가 부엌과 이 어져 있는 문을 열고 안으로 들어왔다.

주위에 둥근 그릇을 둥둥 띄운 채로.

오늘 저녁은 신선로인 것 같네.

……랑이를 만나고 나서 여러모로 호강을 한단 말이지.

세희는 상의 빈자리에 신선로를 내려놓고 자기도 자리를 찾 아 앉았다.

"어머나, 세희 님. 저 같이 미천한 것과 같은 상을 쓰셔도 괜찮으시겠어요?"

"바둑이도 제 상을 받아먹는데 말도 안 되는 개소리는 그만 하고 밥이나 처드시지요."

"전 개 밥그릇으로도 괜찮아요!"

"그런 의미로 한 말이 아니었습니다."

"저도 개 밥그릇으로 괜찮은데 말이죠."

"당신에게는 개 밥그릇도 아깝습니다만 집안의 품위와 바닥을 닦는 번거로움을 줄이기 위해 어쩔 수 없는 일입니다."

"그러면 제가 핥아서 먹을 게요!"

……너희는 사이가 좋은 건지 나쁜 건지 잘 모르겠다.

그보다 저 녀석들을 가만히 놔두다가는 바둑이한테 안 좋은 영향이 갈 것 같으니 뭐라도 입에 물리자.

"밥 먹자."

내가 숟가락을 들자, 아이들도 따라 밥을 먹기 시작했다.

음, 맛있다.

역시 세희가 요리를 가장 잘한다니까.

물론 우리 집 아이들 대부분이 요리를 잘한다.

하지만 그중에서도 독보적인 건, 역시 세희와 냥이겠지.

살아온…… 이 아니라, 경험에는 장사가 없는 법이다.

……가희는 신경 쓰지 말자, 가희. 부엌에 들여보냈다가는 무슨 독극물을 만들지 모르니까.

그런 얼빠진 생각을 하며, 아이들에게 모범이 되기 위해 이것저것 골고루 반찬을 집어 먹고 있자니.

"……."

누군가의 시선이 내게 꽂혀 있다는 걸 느낄 수 있었다. 나는 고개를 들어 밥상에서 시선을 돌려 주변을 둘러봤고, 나를 향한 시선의 주인공을 볼 수 있었다.

"밥 안 먹고 뭐 하냐?"

"크응, 먹고 있는 거 안 보여? 이 차별아?"

그런 것치고는 밥이 그대로인데? 이미 밥 한 공기를 다 먹고서 세희에게 한 그릇 더 달라고 부탁하는 랑이와 비교하지 않아도 말이지.

"아우우우? 배 안 고픈 거예요?"

옆에서 치이도 살짝 끼어들었지만, 이내 아야의 무시무시 눈빛을 맞고 다시 고개를 돌렸다.

[이런 걸 보고 사서 고생이라고 하는 거임.]

페이가 살짝 약 올리자 치이는 눈을 가늘게 뜨고서는 말했다.

"……그러는 페이는 왜 또 편식하고 있는 건가요. 이것도 좀 먹는 거예요."

[시금치 싫음! 취향은 존중해 줘야 하는 거임!]

이런 걸 보고 종로에서 뺨 맞고 한강에서 화풀이한다고 하는 거겠지.

나도 아야한테 뺨 맞기 전에 조심해야겠다.

"밥맛 없냐? 간식이라도 먹었어?"

또 페이하고 아궁이에서 떡이라도 구워먹었나 싶어 한 말에, 아야가 샐쭉해져선 말했다.

"그런 거 아니야, 이 답답아."

"그런데 왜 그렇게 깨작깨작 먹고 있어?"

"신경 쓰지 말고 밥이나 먹어."

신경 써 달라는 말이지.

……음.

나한테 뭔가 섭섭한 점이라도 있나? 생각 같아서는 지금 물어보고 싶지만, 식사 시간이라는 점이 마음에 걸린다.

소화에 도움이 안 될 것 같은 이야기를 밥 먹으면서 하는 건 다른 아이들에게도 좋지 않을 것 같단 말이지.

마음이 편치 않지만 그래도 어쩔 수 없다.

"그래. 알았다."

"……키이잉."

아야가 여우 귀를 추욱 늘어뜨리고 습관적으로 꼬리를 앞으로 가져오려다가 멈췄다. 밥상에 털을 날릴 수도 있으니까 말이지.

으음.

아무래도 이야기를 해 봐야겠다.

그렇게 생각하며 숟가락을 내려놓았을 때.

"성훈아."

옆에서 나래가 불렀다.

"응?"

"밥이나 먹어."

나래 님께서 밥 먹는 데 집중하라 하셨습니다.

"아야도 중요한 이야기 아니면 밥 먹은 다음에 하고. 밥 먹을 때 그러는 거 아니야."

"……큥."

아야가 고개를 끄덕였다.

상냥하신 나래 님이십니다만, 이런 곳에서는 의외로 칼 같은 면이 있단 말이지.

그렇게 나래의 제지로 밝지는 않지만, 차분한 분위기 속에서 밥을 다 먹을 수 있었다.

그리고 평소라면 뽈록 솟아오른 랑이의 배를 만지면서 세희가 가져온 과일을 먹고 있을 시간에.

나는 아이들에게 양해를 구하고 아야를 내 방으로 데려왔다.

"……."

"……."

음, 뭔가 분위기가 어두침침하다고 할까, 추욱 가라앉았군. 나는 일부러 조금 밝은 목소리로 말하며 자리에서 일어났다.

"아, 맞다. 과일 가져오는 걸 깜빡했네."

"됐어."

"아니, 내가 먹으려고."

그제야 아야가 귀를 세우며 고개를 들었다.

"이 둔감아! 지금 먹을 게 생각이 나?!"

"세상에서 가장 치사한 게 먹는 거 가지고 뭐라 하는 거다."

"캬아아앙!"

여우는 갯과인데 왜 넌 고양잇과처럼 그러니.

어쨌든 아야도 기운을 차린 것 같기에, 나는 어깨를 으쓱하면서 말했다.

"알았다, 알았어. 일단 과일은 나중에 같이 먹든가 하고."

나는 다시 아야의 앞에 앉으려다가, 불만이 가득 담긴 시선을 받아 옆으로 자리를 옮기며 말했다.

"우리 귀여운 따님이 왜 이렇게 심통이 나셨을까?"

아야의 눈썹이 휙 올라갔다.

"키이잉! 애 취급하지 마!"

자신이 원래는 어른이라는 것을 증명하려는 듯 목으로 향하는 손을 급히 잡아 아래로 내렸다.

아야가 어른으로 변한다 해도 제 태도가 달라지는 일은 없습니다만, 세상에는 만에 하나라는 말이 있단 말이죠.

조심해서 나쁠 건 없지.

"농담도 못 하냐."

아야가 입술을 삐쭉 내밀었다.

"킁, 나 삐쳤어."

"내가 어떻게 해 주면 좋겠어?"

고개를 숙였다가, 꼬리를 앞으로 가져와 만지다가, 귀를 접었다 폈다 한 아야가 결국 나를 향해 두 팔을 벌리며 말했다.

"안아 줘."

안아 달라면 안아 드려야죠.

나는 아야를 품에 안았다. 내 목에 팔을 두르고 적극적으로 달라붙는 아야의 모습에 조금은 당황했지만, 겉으로 드러내지 않고 등을 토닥여 줬다.

한동안 그렇게 아야의 숨소리를 몸으로 느낀 뒤.

나는 아야를 내 다리 위에 가로 앉도록 자세를 바꿨다.

앉은 채로 안아 주는 자세는 은근히 불편하거든요.

나는 조금 전과 비교해서 많이 안정되어 보이는 아야에게 말했다.

"오늘 안 좋은 일 있었어?"

아야가 나를 올려다보며 그게 지금 네가 할 소리냐는 듯한 눈빛을 보내 왔다.

"그게 지금 아빠가 할 소리야?"

부녀의 정이 깊어진 것 같아서 기쁘구나.

"나는 짚이는 게 없으니까 그렇지."

다리가 따듯해지는 걸 보니까 아야의 꼬리가 밑동부터 색이 변하기 시작한 것 같다. 나는 꼬리의 끝까지 붉어지기 전에 급히 입을 열었다.

"아야가 말 안 해 주면 알 수 없는 것도 있는 법이야."

"알려고는 했고?"

"그럼 잠깐 생각할 시간 좀 줄래?"

"싫어."

"어쩌라는 거냐."

"……몰라."

오늘따라 아야의 어리광이 심한 것 같은데.

혹시 기분이 나쁜 이유하고 관련이 있는 게 아닐까?

그렇게 생각하자 실마리가 잡히는 것 같았다.

그건 말이지.

오늘 낮에 가족회의를 한 다음에 아야와 제대로 된 대화를 한 적이 없다는 거다.

아니, 뭐, 솔직히 말하면.

평소에도 오후 일과가 끝나기 전까지는 아이들과 같이할 수 있는 시간이 거의 없다. 일을 마친 뒤에야 놀 수 있으니까.

하지만 오늘은 조금 달랐지.

낮에는 잠깐 시간을 내서 성의 누나와 성린과 바둑이와 놀기도 했고, 오후에는 랑이와 치이와 페이와 이야기를 나누기도 했으니까.

즉.

"외로웠어?"

아야가 소외감을 느꼈을지도 모른다는 이야기다.

아야가 내 가슴팍을 손으로 움켜쥐며 말했다.

"그런 거 아니야, 이 바보 아빠."

다른 방식이긴 해도, 일한다는 건 알고 있었으니까.

아야는 그렇게 말을 이었다.

"그러면?"

"……."

쉽게 입을 열지 않기에 나는 아야의 입술을 원을 그리듯 검지로 매만지며 말했다.

"입에 꿀 발라 뒀어?"

그래도 아무 말이 없기에 나는 부드러운 입술을 위 아래로 올리고 내려 보았다.

이번에도 반응이 없다.

"진짜 꿀 발라 놨나 보네?"

그래서 난 아야의 침이 살짝 묻은 손가락을 내 입안에 집어

넣으려고 했다.

아야가 어른이 아닌 아이의 모습이기에 할 수 있는 장난이지.

"키이잉! 도대체 뭘 하려는 거야?!"

내 예상대로 아야가 깜짝 놀라서 내 손목을 두 손으로 잡아서 아래로 내렸다.

"스킨십?"

"자꾸 그러면 나도 이거 벗을 거야!"

그래도 별 상관없지만, 일단 아야의 기분을 맞춰 주자.

"알았어, 안 할게."

"……그건 또 그거 나름대로 화나, 이 복잡아."

복잡한 표정인 건 너잖아.

"나보고 어쩌라고?"

"알아서 해, 이 책임 전가야!"

그렇게 말하면 양아버지로서 책임감을 느낄 수밖에 없지요.

그래서 난 아야의 목에 손을 댔다.

"크응?"

내 행동에 살짝 당황한 아야가 고개를 갸웃거리든 말든, 나는 목걸이를 풀었다.

동시에 아야가 내 품에서 쑥쑥 자라났다.

워낙 어린 아야에게는 품이 큰 옷이라 찢어지는 일은 없었지만, 가슴이 답답해서 튀쳐나오려고 하는 건 어쩔 수 없구나.

"……뭐 하는 건데, 아빠."

얼굴을 파묻고 흡하흡하 숨을 쉬면 참 기분 좋을 것 같은 아야의 가슴에 정신이 팔릴 때가 아니었구나.

나는 품에 안긴 채로 어이없어 하는 아야에게 말했다.

"어떻게든 해 보라며?"

알다시피, 아이일 때와 어른일 때는 성격이 조금 달라진다. 좀 더 어른스러워진다는 거지.

즉, 어린아이로 있을 때보다 어른일 때가 감정에 흔들리지 않고 이성적인 대화를 나눌 수 있다는 거다.

"후회 안 할 자신 있어, 자기야?"

다른 의미로도 이성적으로 다가와서 내 감정을 흔들려고 한다는 게 문제지만.

"벌써부터 후회가 몰려오고 있긴 한데."

야아가 매혹적인 눈웃음을 짓고는 두 팔로 내 목을 감았다. 아이였을 때와 다른 게 있다면, 가슴과 가슴이 맞닿은 면적과 감촉이 확연히 달라졌다는 거다.

아아, 천 너머로 느껴지는 아야의 부드럽고 따듯하며…….

잠깐.

나는 등을 뒤로 빼며 말했다.

"너, 속옷 안 입었냐?"

"아이일 때는 필요 없으니까."

아야가 다시 꾸욱꾸욱 몸을 눌러 몸의 변화를 내게 체감시키며 말을 이었다.

"그래도 이쪽이 좋지 않아? 이 호색한."

"좋긴 하지."

하지만 누가 뭐래도 나는 아야를 내 딸로 생각하고 있다. 이런 일 가지고 내 철벽의 이성은 녹아내리지 않는다고.

"그래도 일단 좀 떨어져라."

다만, 다소 민망하거나 부끄러운 건 어쩔 수 없다.

"왜? 더 좋은 것도 해 줄 수 있는데?"

조금 전에 있었던 일의 복수일까. 아야가 손을 들어 내 입술을 매만졌다. 입술 주변의 신경이 간질간질하고 자극된다.

"응? 아빠. 나랑 좋은 거 하자♡"

신났구만, 신났어.

하지만 그 이유를 알고 있는 나로서는 아야의 살짝 비틀린 애정 표현을 그대로 받아 줄 수 없었다.

그래서 난 아야의 뺨에 입을 맞춘 뒤 머리를 헝클어트렸다.

"캬아아앙! 하지 마아아아!"

옆구리에 닿은 아야의 손톱이 무서워서 그만둘 수밖에 없었지만.

아야가 찌릿 하고 노려보고서는 손으로 머리를 정돈하며 말했다.

"이럴 때도 애 취급 하는 거야?"

"나 모르게 호적이라도 파 갔냐?"

"크응, 내가 언제까지 아빠 딸로 있을 줄 알아?"

"어이구, 무서워라."

나는 과장되게 몸을 부르르 떤 뒤, 아야의 몸을 살짝 밀어내며 말했다.

"뭐, 장난은 이 정도로 하고."

"킁, 재미없어."

더 이상 애정 표현을 빙자한 어리광을 부려도 내가 받아 주지 않을 거라는 걸 눈치챘는지, 아야가 눈을 흘기며 내 품에서 비켰다.

나는 맞은편에 바로 앉아 옷 사이로 드러난 계곡을 숨길 생각이 없는 아야에게 말했다.

"그래서 이제 좀 이야기할 기분이 들어?"

아야가 평소보다 심한 어리광을 부린 이유.

나는 그걸 아야 자신이 마음 상한 이유를 말하고 싶지 않았기 때문이라고 생각한다.

물론 아빠 된 입장에서 우리 딸의 기분이 상한 이유를 짐작 못 하는 건 아닌데, 그래도 역시 직접 듣고 싶단 말이야.

만에 하나라는 일도 있잖아.

"응? 어때?"

살짝 재촉하자 아야가 꼬리를 앞으로 가져와 입가를 가리며 말했다.

"크응, 자기야는 이상한 곳에서는 머리를 잘 굴린단 말이야."

요 녀석 봐라?

나는 아야의 볼을 꾸욱꾸욱 누르며 말했다.

"너희들하고 관련된 일인데 이상한 곳은 아니지."

"아, 알았으니까, 하지 마! 이 둔감아!"

볼이 눌려서 귀여운 얼굴이 되는 건 진심으로 싫어하는 것 같으니 그만두자.

불만스러운 표정으로 나를 바라보며 볼을 매만지던 아야가 말했다.

"그래서 신경 많이 써 준다고 유세하는 거야? 그럴 거면 다른 쪽으로도 신경 써 줬으면 좋겠는데, 이 철벽남아."

철벽남이라고 말한 걸 보니, 아야가 말한 다른 쪽이라는 게 연애라든가 남녀 사이의 애정을 이야기하는 것 같다.

"……아직 반년도 안 지났다."

랑이를 만난 뒤에 내 가치관이 많이 변하긴 했지만 말이야.

"키히힝, 누가 뭐래? 그냥 그렇다는 거야. 독촉하는 거라고 생각했어? 우리 사랑이?"

얄밉게 혀를 내밀며 웃는 아야에게 어떻게 하면 한 방 먹일 수 있을까.

……여러 가지 방법이 떠올랐지만, 후환이 두려운 것들뿐이라 그냥 당하며 살기로 했습니다.

"그래도 말이야."

마침 아야도 이야기를 해 주려고 하는 것 같으니.

기분이 많이 상한 이유를 말이야.

"잘했어, 자기야. 어른으로 변하니까 자기야한테 쉽게 말할 수 있을 것 같거든."

그래서 너도 목걸이를 벗고 싶다는 의중을 보였던 거야.

"그건 다행이네."

나는 안도의 한숨을 내쉰 뒤 아야에게 말했다.

"그래서 왜 그렇게 기분이 나빴던 거야?"

"정말 몰라서 묻는 거 아니지?"

"어느 정도 짐작은 하고 있는데, 그래도 네 입으로 듣고 싶어서."

아야가 꼬리를 살랑살랑 흔들며 말했다.

"키히힝, 사실 거짓말 아니야?"

"아빠 못 믿냐."

"아빠만큼 믿을 수 없는 사람이 어디 있다고 그래?"

아무렇지 않게 아빠의 가슴에 비수를 꽂은 아야가, 엄지와 검지를 교차하는 것으로 불꽃을 일으켜 내게 날렸다.

"우리 아빠는 믿을 수 없을 만큼 귀엽고, 사랑스럽고, 자랑스러운 데다가 멋지기까지 하니까."

하트 모양의 불꽃은 내 가슴에 닿기 바로 직전에 거짓말같이 사라졌다.

하지만 내게 닿지 않은 불꽃은 내 마음의 벽을 살짝 녹였다. 그렇지 않고서야 내 얼굴이 화끈거리고 심장이 두근두근 뛰는 걸 설명할 수 없어.

젠장, 전래 동화에서 구미호가 남자를 홀리는 이야기가 괜히 나오는 게 아니구나.

요물이야, 요물.

그런 내 심정의 변화를 느꼈는지, 아야가 귀를 혀로 핥는 듯한 요염한 목소리로 말했다.

"키히힝♡ 심장 뛰는 소리가 여기까지 들리는데? 혹시 지금

심쿵했어?"

심쿵 같은 줄임말은 도대체 어디서 배운 거야?

페이냐? 페이겠지? 페이가 틀림없다!

그렇게 현실 도피를 하고 있을 때 아야는 뭔가를 결심했는지 허리를 앞으로 숙여 두 손으로 땅을 짚었다. 동시에 자신의 존재감을 유감없이 발휘하고 있던 아야의 가슴이 엇갈리며 흔들린다.

내가 그 역동적인 움직임에 잠시 시선을 빼앗겼을 때.

아야가 말했다.

"……그러니까 살짝 맛만 보는 건 어때?"

끈적하고 달콤하며 배덕적인 유혹에 나는 아무 말도 하지 못했다.

그런 내 침묵을 허락으로 받아들인 걸까.

아야가 탐스러운 꼬리를 살랑거리면서 네 발로 기어 온다. 그 눈빛은 달콤한 포도를 눈앞에 둔 여우처럼 빛나고 있다. 그리고 마침내 코앞까지 다가온 아야가 내 벨트 버클을 손으로 짚고, 다른 한 손으로 앞으로 내려온 머리카락을 귀 뒤로 넘겼을 때.

"어허, 가족끼리 이러는 거 아니야."

찰싹!

나는 조금 강하게 아야의 손등을 쳐 냈다.

"캬앙! 진짜 아프잖아, 아빠!"

엄살은.

아니, 엄살이 아닐지도 모르겠네.

지옥 훈련 중 하나의 성과가 나도 모르게 발휘되었는지, 아야가 빨개진 손등을 후후 불면서 뒤로 물러났으니까.

"크응…… 역시 안 넘어오나……."

당연하지.

이 정도로 내 마음의 벽이 무너질 거였으면 이미 옛날에 무너졌을 거다. 나래의 애정 공세가 날이 갈수록 더더욱 매서워지고 있거든.

소파 옆에 앉아서 책을 읽는 척하며 은근슬쩍 내 허벅지를 쓰다듬는다거나, 어깨가 뻐근하다면서 마사지를 해 달라고 한 뒤 은근슬쩍 야릇한 신음 소리를 낸다거나…….

"지금 날 앞에 두고 누굴 생각하고 있는 거야, 바람둥이야?"

아야가 포도를 닮은 자주색 눈동자를 붉게 물들이고 있으니 잡생각은 그만하자.

"네가 자꾸 장난치니까 그렇지."

아야가 꼬리를 붉게 물들이며 말했다.

"장난? 크응, 둔감이는 내가 지금 장난치는 것처럼 보여?"

아야를 배려해서 조금 돌려 말했는데, 오히려 독이 된 것 같다.

생각해 보니 아야의 마음을 장난으로 치부한 것처럼 들을 수 있는 말이었네. 역시 난 이렇게 돌려서 말하는 데에는 재주가 없는 것 같다.

그래서 난 직설적으로 말하기로 했다.

"장난이라고 말한 건 실수였다. 미안해."

일단 사과부터 하고.

"크흐흥, 알면 됐……."

나는 콧소리를 낸 아야에게 직설적으로 말했다.

"그거와는 별개로, 네가 자꾸 나한테 아쉬운 점은 이야기 안 하고 다른 쪽으로 말을 돌리고 있으니까 그런 거잖아."

나는 어깨를 움찔 떤 아야에게 말했다.

"왜, 내가 눈치 못 챌 줄 알았냐?"

세희한테 당한 게 얼만데.

아야가 불만스러운지 입술을 삐죽 내밀며 말했다.

"치, 이상한 데 눈치는 빨라서."

눈치가 없는 게 좋든 있는 게 좋든, 둘 중 하나만 해 주라.

"그래서?"

"별거 아니야."

아야가 정말 별일 아니라는 듯 어깨를 으쓱하고서, 뭔가를 내려놓은 듯한 목소리로 말했다.

"나만 아빠하고 이야기 못해서 그랬어."

내가 예상했던 이유였다.

"미리 말해 두는데……."

"자기야가 날 피한 건 아니라는 거지?"

나는 고개를 끄덕였다.

아야가 입술을 삐죽였고.

"누가 그걸 몰라, 이 바보야? 다른 애들이 우리 자길 먼저 찾아갔다는 것 정도는 나도 알아."

아야가 척! 나를 손가락으로 가리키며 말했다.

"애초에 안방에서 같이 있었는데 모를 리가 없잖아?"

"그랬냐."

"그랬어."

"그랬군."

나는 고개를 끄덕이며 말했다.

"안방에서 같이 놀고 있을 줄은 몰랐다."

"안 놀았거든, 이 헛다리야?"

"응?"

아야가 팔을 내려 손톱으로 방바닥을 탁탁 두드리며 말했다.

"자기야가 말했잖아. 좋은 정책 생각나면 말하러 오라고. 크응, 그런데 어떻게 놀고 있어? 다들 머리 싸매고 고민하느라 바빴지."

나는 정말 많은 사랑을 받고 있구나.

그렇게 생각하고 있을 때, 아야가 자그마한 목소리로 말을 이었다.

"나만 빼고."

······뭔가 그냥 듣고 넘길 수 없는 이야기를 한 것 같은데.

"응? 너는 생각 안 했어?"

아야가 날카로운 눈매로 나를 바라보며 말했다.

"키이잉? 그걸 왜 내가 생각해? 그건 아빠 일이잖아? 아빠가 날 책임져야지, 내가 아빠를 책임져야 해?"

자기 편할 때만 아빠냐!!

아니, 뭐, 아야가 틀린 말을 한 건 아니지만.

그래도 가족의 일이니까 같이 고민해 줬으면 좋겠다는 생각이 든다고 할까, 조금 섭섭하다고 할까…….

"이 바보야."

그런 생각이 얼굴에 다 드러났나 보다.

아야가 내 볼을 손가락으로 콕콕콕 찔렀으니까.

"그만큼 자기야를 믿고 의지하고 있다는 거야. 알겠어?"

그것 참 아버지 된 입장에서는 뿌듯한 상황인데 말이지.

볼만 계속 찔리지 않고 있다면.

그런 내 생각이 하늘에 닿았는지, 아야가 몸을 움찔 거리고 손을 아래로 내리더니 갑자기 진지한 표정을 짓고서는 내게 말했다.

"쿵! 그렇다고 다른 애들이 안 그렇다는 건 아니고! 내 말 오해하면 안 돼! 알겠지?"

……랑이나 치나 페이를 신경 써 주는 모습을 보니, 사이가 많이 좋아지긴 좋아진 것 같다.

나는 아야의 귀를 쓰다듬어 주며 말했다.

"그런 건 말 안 해도 알고 있어."

"크응, 우리 자기야는 가끔 멍청하게 굴 때가 있어서 조금 걱정됐는데, 기우였나 보네."

만족했다는 듯이 아야가 미소를 지으며 뒤로 물러났다.

나는 피식 웃으며 아야에게 문득 궁금해진 걸 물어보기로 했다.

"그런데 좀 의외다?"

"키잉?"

"저녁 먹기 전까지 시간 많이 있었잖아? 그런데 넌 왜 안 왔어?"

내 말을 듣자마자 아야의 꼬리가 다시 붉게 변하고 눈썹이 올라갔다.

내가 뭔가 잘못 말했나? 왜 저렇게 화를 내지?

"이 기억력 감퇴야! 네가 아우우한테 말했잖아!"

내가 치이한테 뭘 말했다고 저러지?

나는 기억 창고를 열어서 안에 들어가 있는 오늘의 일기를 꺼내서 훑어보았다.

"……아."

어디에서 일이 꼬였는지 깨달은 나는 머리를 감싸 쥐었다.

분명 내가 치이에게 말하긴 했다.

제대로 된 정책을 생각해야 하니까 방해하지 말라고.

나는 치이를 내보내기 위해서 한 말인데, 치이는 이걸 다른 식으로 생각했구나.

방문 사절이라고.

물론, 그 과정에 악의라고는 성의 누나의 분위기 파악 능력만큼이나 없다는 건 알고 있다.

하지만 치이의 이야기, '아우우우, 오라버니가 절 쫓아내면서 지금부터 아무도 방해하지 말라고 한 거예요.' 같은 말을 들은 아야에게는 일종의 충격이었겠지.

깊은 한숨을 쉬고 고개를 드니 어느새 팔짱을 끼고 턱을 올리고 있는 아야가 보였다.

"크흥, 이제 알았어?"

해석하자면, 네 죄를 네가 알렸다! 가 되겠습니다.

나는 손을 저으며 말했다.

"그런 의미가 아니었다."

"그 정도는 나도 알아, 이 구설수야."

어라?

"그러면 왜 그렇게 기운이 없었어?"

이미 알고 있었다면 아야 성격상 그렇게까지 울적해 있지 않았을 것 같은데 말이지.

"아."

아야가 외마디 신음성을 흘렸다.

뭔가 말실수를 했다는 듯한 반응인데?

"너, 또 뭐 숨기는 거 있냐?"

"그런 게 아니라······."

"아빠한테 거짓말하면 화낸다."

아야가 꼬리를 앞으로 가져와 얼굴을 가린 채 아무 말도 하지 않았다.

거짓말 대신 묵비권을 행사하겠다 이거냐.

그런다고 넘어가 줄 생각은 없지만.

나는 기다렸고, 기다렸고, 기다렸지만 아야는 아무 말도 하지 않았다.

내가 고개를 갸웃거리며 재촉하기 전까지.

"크응…… 그동안 조금 어이없는 생각이 들어서 그랬어."

"어이없는 생각? 그게 뭔데?"

"진짜 말도 안 되는 거니까 모르는 척하고 넘어가면 안 돼, 자기야?"

몸을 움츠리고 내 눈치를 살피는 아야의 모습이 귀엽지만.

"안 돼."

"아이잉~♡"

어깨를 흔들며 애교를 떠는 아야의 모습이 귀엽지만.

"안 돼."

"키이잉…… 지금 생각하면 진짜 민망한 일이라 말하기 싫은데…….."

시무룩해서는 손가락으로 바닥에 원을 그리는 아야도 귀엽지만.

"안 돼."

결국 아야는 한숨을 내쉬고 모든 걸 포기한 목소리로 말했다.

"화 안 낸다고 약속하면 말할게, 이 분노 조절 장애야."

……제가 눈이 돌아가면 상대가 누구든 간에 막 나가는 놈이긴 합니다.

그래서 나는 고개를 끄덕였다.

"알겠어."

아야가 조심스럽게 살며시 말했다.

"아빠가…… 혹시…… 날…… 크응…… 어려워…… 하나 해서."

약속 안 해도 됐겠네.

아야의 말대로 너무 황당하고 어이없는 말이라 화도 안 났으니까.

이게 말이야, 마마야?

하도 어이없으니까 다른 생각이 들 정도로.

그건 조금 있다가 확인해 보고.

지금은 내 얼을 빠지게 만든 아야에게 책임을 물어야겠다.

나는 손으로 나를 가리킨 다음.

"내가."

아야를 가리킨 뒤.

"너를."

두 손바닥을 피며 말했다.

"어려워한다고?"

지금 당장이라도 머리에서 연기가 뿜어져 나올 것 같은 아야가 말했다.

"그, 그래서 말했잖아! 말도 안 되는 일이라고! 키이이잉! 아빠가 하도 듣고 싶다고 말해서 말한 건데! 뭐야, 그건? 너무해, 아빠!"

아니, 너무한 건 너겠지.

풍성한 꼬리로 얼굴을 가린 아야가 지금 어떤 표정을 짓고 있는지 궁금하다.

나는 엉덩이를 끌어 아야에게 다가간 뒤, 꼬리를 잡아서 아래로 내렸다. 아야가 앙탈을 부렸지만 그것도 순간이었고, 이내 홍당무가 되어 있는 얼굴을 내게 보였다.

이내 고개를 숙여 시선을 피했지만.

나는 두 손으로 바닥을 짚고 허리를 앞으로 숙인 다음 고개만 삐딱하게 들어서 아야와 눈을 맞추며 말했다.

"어떻게 하면 그런 생각을 하실 수 있으셨어요, 아야 님? 약주라도 하셨어요?"

"비, 비꼬지 마!"

야, 야.

얼굴 밀지 마. 밀지 말라고. 부끄러워 죽을 것 같다는 건 알겠는데, 아빠 얼굴을 손바닥으로 오른쪽에서 아래로 내리찍는 건 그만해.

아야의 괴력에 땅에 쥐포가 되는 게 먼저일까, 아니면 내 관절과 근육이 뒤틀리는 게 먼저일까.

어느 쪽이든 내게 미래는 없기에, 나는 뒤로 물러나 자세를 바로 하고 아야에게 말했다.

"그러면 진지하게 물어봐 주랴?"

"……그건 더 싫은걸."

나보고 어쩌라는 거냐.

나는 어깨를 으쓱한 뒤, 시무룩해져 있는 아야에게 말했다.

"일단 하도 황당한 소리라 화 같은 건 안 났고, 이유나 한번 들어 보자."

아야가 말했다.

"어쩔 수 없었는걸. 딱 내가 놀러갈 순서에 자기야가 아무
도 오지 말라고 했으니까."

순서라니, 또 가위바위보라도 한 거냐!

하지만 그와는 별개로, 나는 이게 가장 큰 이유가 아닐 것
같다는 느낌이 들었다.

뭐랄까, 음식으로 따지면 전채 요리 같은 거?

먹을 수 있는 건 맞지만 메인은 아니라는 거지.

그래서 나는 아야와 눈을 맞췄다.

아야가 시선을 피했다.

나는 말했다.

"그게 다가 아닌 것 같은데."

어쩌다 보니 오늘 아야와 같이 놀거나 이야기할 시간이 없
었다는 건 나도 안다.

아야가 그것 때문에 내게 아쉬운 마음을 가져도 이상할 건
없다. 그건 내가 신경 못 써 줘서 미안하다고 해야 할 일이지.

하지만 지금 중요한 건, 그게 어째서 내가 자신을 어려워하
고 있는 게 아닐까 하는 생각까지 발전하게 됐는가.

그 이유다.

나는 그게 마음에 걸렸고, 아야에게 그 이유를 듣고 싶은 거
다. 작은 상처도 제대로 돌보지 않으면 크게 덧나는 법이니까.

"그보다 자기야. 키히힝, 그런 건 일단 잊고 같이 놀자♡ 응?"

하지만 아야는 말하고 싶지 않은지, 내 팔을 자신의 압도적으로 부드러우면서 탄력 넘치는 가슴 사이에 파묻고 비비는 미인계를 썼다.

허허허허. 요 녀석 봐라?

내가 이런 얄은꾀에 부드러운 데다가 넘어갈 것 따듯해서 이유를 듣고 기분이 좋아서 만지고 싶다, 가 아니라!

젠장! 효과가 굉장하잖아!

그래서 나는 아야의 이마를 손으로 밀어 떨어뜨린 뒤 말했다.

"내가 이런다고 포기할 것 같냐?"

미인계가 통하지 않는다고 생각했는지, 다행이도 아야가 노선을 바꿨다.

"키이잉! 내가 알게 뭐야? 궁금하면 아빠가 알아서 알아내란 말이야! 난 몰라! 아빠 바보!"

생떼를 부리며 우기는 쪽으로.

······올해 연기 대상은 네 거다, 아야야.

그건 그렇고 이 정도로 이야기하기 싫어하는 걸 보니 나도 오기가 생긴다.

그래서 나는 큰 숨을 내쉰 뒤, 진지한 목소리로 진심을 담아 말했다.

"아빠가 걱정돼서 그래. 응? 별일 아닐 수도 있지만 나중에 어떻게 될지는 혹시 모르잖아?"

실제로 그랬던 적이 한두 번이 아니었기에 내 목소리는 간절하기 그지없었다.

"······그렇게 말하는 건 치사하잖아, 이 나쁜아."

그제야 아야가 연기를 그만두고 나를 바라보며 말했다.

"그게 말이야······."

"응."

"그러니까······."

"응."

"크응······."

큰 한숨을 내쉰 뒤 아야가 말했다.

"아빠가 내 이름만 모르고 있어서 그랬어."

"이름?"

아야의 이름은 아야······ 가 아니구나.

나는 아야가 말한 이름이 무엇을 말하는 지 알 수 있었다.

"하늘이 점지어 준 이름 말하는 거야?"

아야가 고개를 끄덕였다.

······아, 그렇게 된 거구나.

인간과 요괴의 문화라고 할까, 상식의 차이를 이런 일로 느끼게 될 줄은 생각도 못했네.

나는 머리를 긁적이며 아야에게 말했다.

"혹시 지금까지 계속 신경 쓰였어?"

아야는 아무 말도 하지 않았다.

이걸 어떻게 받아들여야 할지 모르겠지만 하나 알 수 있는 건, 이거 내 잘못이라는 점이다.

요괴에게 있어 하늘이 점지어 준 이름은 꽤나 중요한 의미를 가지고 있다고 알고 있다. 하지만 그걸 아는 것과 이해하는 건 다른 거였다.

생각해 봐.

내가 다른 아이들의 이름은 모두 다 알고 있는데, 자기만 모르고 있다. 그리고 물어보기는커녕 궁금해하지도 않는다.

아야가 이 사실을 지금까지 어떻게 받아들였을까?

나는 곤혹스러운 내 마음을 최대한 숨기고 미안한 마음을 드러내며 아야에게 말했다.

"아야야, 내가 일단은 인간이잖아?"

아야가 고개를 숙인 채 혼잣말처럼 투덜거렸다.

"일단은 뭐야, 이 반쪽이야."

네 말대로 반쪽이니까 그렇지.

조금씩 변하고 있지만.

"그래서 그쪽으로는 아예 생각을 못 했어. 미안해. 그동안 마음 고생하게 해서."

"크응, 이럴 줄 알아서 말 안 하려고 했던 거야."

아야가 낮은 한숨을 쉬고서 고개를 들어 나를 바라보며 말을 이었다.

"일부러 그러지 않았다는 건 나도 알고 있으니까 너무 미안해하지 마, 무관심아."

야, 야.

아무렇지 않게 가시 박힌 말하지 마라.

죄책감에 차마 입이 떨어지지 않는 내게 아야가 말했다.

"오늘은 **어린** 내가 너무 바보 같아서 거기까지 간 거야. 평소에는 무관심에 무신경한 자기야니까 그런 쪽으로는 아무 생각 없을 거라고 생각해서 별로 신경 안 썼어."

신경 쓰긴 했다는 말이군.

"그러니까 이 이야기는 그만해, 크응. 나도 너무 궁상이었던 것 같아서 부끄러우니까."

나는 아야의 자주색 눈동자를 바라보았다.

나를 위해서 거짓말을 하는 것 같지는 않다.

휴우…….

한숨 돌렸네.

"알았어."

나는 아야에게 말했다.

"그러면……."

이 기회에 아야의 이름을 듣기로 결심했을 때.

"싫어."

아야가 내 말을 싹둑 잘랐다.

"……응?"

아야가 눈을 흘기며 말했다.

"지금 하늘이 점지어 준 이름 물어보려고 했던 거잖아."

그렇지요.

고개를 끄덕인 내게 아야가 말했다.

"옛날이었으면 몰라도 이제 와서 이런 식으로 알려 주는 건 내 자존심이 용납 못 하는걸."

"······자존심까지 나올 일이야?"

"중요해! 하늘이 점지어 준 이름을 알려 준다는 게 어떤 의미인데!"

아야가 눈을 부라렸기에 나는 시선을 내리깔았다.

너무 무서워서 **정확히** 어떤 의미인지 물어보기도 힘들다.

"그러니까."

하지만 계속해서 방바닥만 보고 있을 수는 없었다.

아야가 색기로 가득 찬 매혹적인 목소리로 말했으니까.

"그날이 오면 각오해, 내 사랑아."

그것도 상당히 신경 쓰이는 말을.

* * *

"별일 아니라서 다행이네. 아, 하나만 더 하자."

"으갸갸갸갹!"

"그래도 이번 일로 잘 알겠지? 말 한마디도 조심해서 해야 한다는 거? 그리고 하나만 더 해."

"으다다다다닷!"

"뭐, 너라면 얼마 안 가서 잊어버릴 것 같지만. 그런데 하나 더 할 수 있지?"

"으라아아아앗!"

"정말, 조금만 더 세심한 성격이었으면 좋았을 텐데. 그건 그렇고 하나 더 할 수 있을 거야."

결국 나는 참지 못하고 외쳤다.

"하나 더는 무슨 하나 더야?!"

나는 악과 깡으로 역기를 지지대에 올려놓고 몸을 일으켜 세웠다.

아, 젠장! 존…… ZONE에 나란히 들어갈 정도로 진짜 힘드네!

무슨 뜻이냐고? 나도 몰라!

"왜 맘대로 끝내고 그래?"

나는 황당해하는 나래에게 말했다.

"네가 끝낼 생각을 안 하니까 그렇지!"

내가 지금까지 이상한 기합 소리를 내며 하고 있던 건 벤치 프레스였다. 왜, 누워서 역기를 드는 근력 운동 있잖아.

다시 말해, 지금 내가 있는 곳은 헬스장이라는 거다.

그것도 세희가 우리 집 지하에 만든 헬스장 말이지.

이용하는 사람은 나와 나래 정도지만, 백 명은 써도 될 정도의 넓은 공간과 다양한 운동 기구, 그리고 헬스장 전용 목욕탕이 완비…….

아니, 지금 중요한 건 이게 아니지.

지금은 내 억울한 심정을 나래에게 전할 때다!

"아까부터 왜 하나가 안 끝나?!"

비단 벤치 프레스에 한한 이야기가 아니다. 다른 운동을 할 때도 끝나지 않는 하나를 계속해서 들어야만 했어! 3일 전에 비해 명백하게 횟수가 갑자기 늘었다고!

하지만 나래는 슬쩍 눈을 돌리며 새침한 목소리로 말했다.

"원래 그런 거야."

"원래 그런 게 어디 있어! 한 세트에 20개만 한다며?! 20개만 한다며!!"

"그러면 근육량이 안 늘어."

"충분히 늘었다고!"

예전의 물렁물렁하던 팔뚝에도 아주아주 약간이긴 하지만 근육이 붙었고! 가슴도 단단해진 것 같은 착각이 들고! 어깨도 넓어진 게 아닐까 싶은 기분이 들고 있는데!

"성훈아."

나래가 조금 전까지만 해도 내 육체의 한계를 시험하고 있던 50킬로그램의 역기를 엄지와 검지로 가뿐히 들며 말했다.

"충분히 늘었다는 건 이런 걸 말하는 거야."

미리 말해 두자면.

30분에 가까운 근육 트레이닝으로 인해 이때의 내 뇌에는 산소가 부족해서 제정신이 아니었다.

"내가 근육 곰탱이냐!!"

그러니까 이런 말을 할 수 있었지.

"……."

나래는 아무 말 없이 역기를 한 손으로 든 채 나를 노려보았다. 그 시선에 운동으로 흘린 땀이 급속도로 식었다.

나는 저 역기가 내 명줄을 끊기 전에 재빨리 고개를 숙이고 두 손을 비비며 용서를 빌었다.

"제, 제가 말이 심했습니다, 나래 님. 응. 심했어요. 다시는 그런 말 안 할 테니까 제발 진노를 가라앉혀 주시면 안 되겠습니까?"

하지만 돌아온 나래의 대답은 내 예상에서 한참 벗어나 있었다.

"……나, 그렇게 근육질로 보여?"

나래의 침울한 목소리에 나는 고개를 들었다.

여전히 역기를 한 손에 들고 있는 나래는 자신의 몸을 이곳저곳 살펴보고 있었다.

아, 그랬습니다.

나래는 자신이 근육질이라는 걸 이상하게 부끄러워하고 있었죠.

그래서 나는 외쳤다.

"아닙니다! 전혀요!"

아니, 이 정도로는 모자라다!

"예쁜걸! 최고야! 섹시해!"

"그, 그래? 진짜지?"

나는 살짝 당황하면서도 기뻐하는 나래에게 진심을 다해 말했다.

"응! 진짜로!"

정말이다.

운동하기 편한 검은색 탱크톱과 돌핀 팬츠를 입고 있는 나래는 정말 매력적이었다.

잡티 하나 없는 매끈한 피부. 잘록한 허리 라인과 돌핀 팬츠로는 감당이 안 되는 애플 힙. 속된 말로 꿀벅지라 부르는 탄탄하며 육감적인 허벅지.

특히 스쿼트라는 이름의 앉았다 일어나기를 할 때의 나래를 직접 보면 감탄밖에 안 나온다.

난 사람의 엉덩이가 그 정도로 단련될 수 있다는 걸 그때 처음 알았어. 어깨에는 역기를 메고 무릎을 굽히며 상반신을 내리는 것으로 자연스럽게 강조된 나래의 엉덩이는, 마치 바람이 꽉 찬 탱탱 볼과 비견될 정도였다. 눈으로 보는 것만으로도 느껴졌던 그 압도적인 탄력성. 그리고 돌핀 팬츠 밑으로 보이는 엉덩이 밑살까지!

내가 조금만 더 용기가 있었다면 나래에게 물어봤을 거다.

'저기, 이런 말 하는 게 변태 같다는 건 아는데, 앉아 있을 때 엉덩이 좀 만져 봐도 될까?'

이 모든 것이 나래가 운동을 한 결과물인 것이다.

거기다 나래는 보디빌더처럼 근육을 키운 것도 아니라 정말 보기 좋은 몸매를 가꿨다.

그야말로 완벽한 밸런스.

그야말로 건강미의 화신.

이런 나래를 누가 싫어하겠어?

"다행이네."

자신의 매력을 제대로 모르고 있는 나래가 가슴에 손을 얹고 안도의 한숨을 쉬었다.

……그런데 말이죠.

슬슬 역기를 내려놓으시지 않겠습니까? 운동으로 혹사당한 제 심장이 다른 의미로 두근두근거리는 게 멈추지 않는데요.

그런 내 마음의 소리가 들렸는지 나래가 역기를 지지대에 내려놓으며 말했다.

"그래도 그런 말 함부로 하지 마. 농담이라는 건 알지만 충격받으니까."

"응, 미안."

마음이 풀린 나래가 빙긋 웃은 뒤 손가락을 하나 세우며 말했다.

"그러면 사과의 의미로 한 세트만 더 하자."

"아니, 그건 아니지. 날 죽일 셈이야?"

힘들다고.

벤치 프레스를 하기 전에는 스쿼트라는 이름의 허벅지 혹사를. 그 전에는 데드 리프트라는 이름의 무거운 역기로 허리를 박살 내는 운동과 턱걸이라는 이름의 철봉에 매달리기를 했다고.

그것뿐일까!

유산소 운동도 필요하다고 해서 달리기도 했어!

30분 동안이나!

30분 동안이나!!

이미 내 몸은 한계다!

"엄살은."

하지만 나래는 살짝 코웃음을 치며 내 말을 부정했다.

"그 정도로는 죽고 싶어도 못 죽어."

기준이 뭔가 이상하잖아.

"죽을 만큼 힘들잖아."

"그래야 건강해지니까."

나래가 내 등을 아프지 않게 치고서 말했다.

"조금 무리했다고 또 쓰러지고 싶어?"

그렇다.

이게 내가 팔자에도 없던 운동을 시작하게 된 이유다.

저승에 다녀온 후, 나는 그대로 며칠 동안 자리에 누워 끙끙 앓게 되었다. 단순한 체력 부족 탓은 아니었지만, 그렇다고 해서 관계가 없는 건 아니지.

그런 이유로 나래는 내게 운동을 같이하자는 권유 아닌 명령을 내렸다. 아이들 역시 체력 좀 기르라고 두 손 모아 부탁했으며, 나에게 거부권은 없었다.

그 순간 나래는 생활 스포츠 지도사 2급 자격증을 땄고, 내 지옥 훈련 중 하나가 시작된 것이다.

어쨌거나.

"지금 쓰러질 것 같습니다…… 나래 님, 제발 이 불쌍한 약골에게 자비를……"

"어휴, 알았어."

그제야 나는 온몸의 긴장을 풀었다.

에구구구, 삭신이야.

남들은 운동하면 건강해지는 느낌이 든다는데, 나는 왜 골병만 드는 것 같냐.

으으, 빨리 샤워하고 방에 돌아가서 뻗어야지.

"그러면 마지막으로."

……라고 생각하고 있던 내게 나래가 끔찍한 말을 했다.

"아니, 잠깐만, 나래 님. 알았다면서요?"

"얘는? 걱정 마, 힘든 거 아니니까."

그렇게 말한 나래가 내 손을 잡아 일으켜 세웠다.

다리가! 제 다리가 갓 태어난 망아지처럼 후들거리고 있어요!

그런데 나래는 그런 모습을 보고 흐뭇한 미소를 지었다.

"정말 열심히 했나 보네."

나래가 내 머리를 쓰다듬으며 말을 이었다.

"우리 성훈이 참 착해요. 선생님 말도 잘 따르고."

"……그러면 샤워하러 가게 해 주세요."

나래가 소악마 같은 표정으로 말했다.

"그건 그거, 이건 이거."

아니, 악마였군.

"걷기 힘들면 부축해 줄까?"

나는 잠깐 고민했지만 이내 고개를 저었다.

"괜찮아."

지칠 대로 지친 내 몸은 그러길 바라고 있지만, 사춘기 청소년인 나로서는 땀 냄새를 풀풀 풍기면서 좋아하는 여자애와 스킨십을 하고 싶은 마음은 없거든.

나는 있는 힘껏 다리에 힘을 주고서 나래를 뒤따라 요가 매트가 깔려 있는 곳으로 갔다.

요가 매트라…….

뭔가 불길한 기분이 드는데.

그리고 나래는 내 불안을 종식시켰다.

"커플 요가라고 알아?"

불안이 사실이 됐으니까!

나는 은근한 눈빛을 보내오는 나래에게 정색하며 말했다.

"알고 싶지 않은데."

조금 전에 말했듯이, 지금은 스킨십을 하고 싶은 마음이 없어서 말이죠.

"겁은 많아서."

겁이 많은 게 아니라 조심하는 겁니다.

"찾아봤는데 그렇게 힘든 거 아니라니까 괜찮을 거야."

솔직히 말해서.

지금의 나라면 나래와 커플 요가를 해도 부처님 가운데…….

예전에 세희가 했던 말이 생각나니 다른 예를 들자.

지금의 나라면 속세의 모든 것과 인연을 끊은 사람처럼 그 어떤 반응도 보이지 못할 자신이 있다.

사람이 죽을 만큼 힘들면 그런 생각도 반응도 일어나지 않는다고.

무엇보다 나래의 '그렇게 힘들지 않아.'라는 말은 '너를 죽일 것이다.'라고 해석하는 게 맞거든.

그래서 나는 나래에게 말했다.

"다음에 하자, 나래야. 지금 나 너무 힘든 데다가, 땀도 너무 많이 흘러서 좀 그러니까."

"난 괜찮은데? 땀 냄새라고 해도 그렇게 나쁘지 않은 데다가……"

나래가 은근슬쩍 내 티셔츠 아래로 손을 넣어서는 흘러내린 땀을 쓸어내리며 말했다.

"어차피 나중에는 익숙해져야 하잖아?"

왜냐고 묻지 않을 정도의 눈치는 있다.

대신 나는 지친 티를 팍팍 내며 나래에게 말했다.

"그건 다행인데, 그래도 여기서 더 했다가는 죽을 것 같아서 그래……"

"몸 푸는 정도로만 할게."

"나 정말 힘들어……"

내가 물러서지 않을 거라는 걸 눈치챘는지, 나래가 살짝 풀이 죽어서는 아쉬워하는 기색이 가득한 목소리로 말했다.

"알았어……"

이러면 또 마음이 약해지는 게 보통이지만.

"미안."

이쪽은 생존이 걸려 있는 문제라서 말이지.

여기서 운동 비슷한 무언가라도 더 하게 되면 심장이 터져버릴 거야.

"아니, 괜찮아. 너무 무리하면 오히려 몸에 안 좋으니까. 그러면 씻으러 가자."

그걸 아시는 분이…….

나는 그 말을 삼키고 나래의 손을 잡은 채 목욕탕으로 향했다.

나는 목욕탕 입구에서 나래와 떨어진 뒤, 남탕으로 들어갔다.

그렇습니다. 헬스장에 있는 목욕탕은 원래 있던 것과 달리 남탕, 여탕으로 나뉘어져 있습니다.

세희가 나름 신경을 써 준 건지, 아니면 아이들은 운동하러 오지 않으니까 나래를 견제하기 위해서인지 모르겠지만, 내게는 좋은 일이니 신경 쓰지 말자.

나는 탈의실에서 땀에 푹 절어 버린 티셔츠와 바지를 벗어 빨래 바구니에 넣은 뒤, 목욕탕 안으로 들어갔다.

언제든지 사용할 수 있도록 뜨거운 물이 가득 담긴 욕탕이 나를 반겨 주는군.

돈 낭비처럼 보인다고요?

짜잔! 공중목욕탕을 본떠 만든 두 번째 욕실 역시 세희의 요술로 운영되고 있으니 걱정하실 것 없습니다!

……요술, 너무 만능인 거 아닌가.

뭐, 그건 그렇고.

나래에게 듣기론, 요즘 들어 전 세계에서 요술과 과학을 접목시킨 신기술을 개발 중에 있다고 한다. 그 중에도 미국의 연구진에 소속된 한 명의 천재가 꽤나 괜찮은 성과를 내고 있다고 하고.

뭐라더라? 요력을 화석 연료를 대체할 수 있는 신에너지 원으로 사용할 수 있는지 연구 중에 있다고 했나?

이건 요괴의 존재가 세상에 공인된 후 일어난 좋은 변화라 할 수 있겠다.

혹시 모르지.

지금이야 인간과 요괴들의 사이가 그다지 좋지 않지만, 나중에는 화력 발전소에서 일하는 요괴를 보게 될지도.

아야라든가 아야라든가 아야라든가.

그런 얼빠진 생각을 하며, 나는 먼저 의자를 가져와 거울 앞에 앉은 뒤 물을 틀었다. 샤워기에서 나오는 따뜻한 물에 몸을 맡기니 피곤이 조금이나마 가시는 느낌이군.

후우~

운동을 해서 좋은 점이 있다면, 혼자서 편하게 목욕을 할 수 있다는 것 정도일까.

……다른 아이들, 특히 랑이가 목욕 같이하자고 안 들어 오냐고?

그런 일은 없다.

왜냐고?

전에 헬스장이 처음 만들어졌을 때.

아이들이 호기심 반, 사심 반으로 헬스장에 내려왔다가 나래의 손에 잡혀서 그야말로 녹초가 된 적이 있거든. 나래의 옆구리에 껴서 반항 한번 못 하고 한 명씩, 한 명씩 여탕으로 들려 가는 아이들의 모습은 그야말로 눈물겨웠지.

나는 남탕으로 기어갔지만.

그 후로 헬스장에 내려오면 나래에게 잡혀서 기진맥진해질 때까지 운동을 하게 된다는 인식이 박힌 건지 아무도 내려오지 않게 되었다.

덕분에 여러 경우를 상정해서 만든 이 넓은 욕실이 조금 안쓰럽긴 하다.

가장 안쓰러운 건 부들부들 떨리는 내 팔이지만.

나래가 내 몸이 다칠 정도로 운동을 시키진 않지만, 오늘은 정말 한계까지 사람을 굴린다는 기분을 지울 수가 없단 말이지.

"어휴……."

나는 일단 물을 잠근 뒤, 남아 있는 모든 힘을 다해 손을 머리 위로 들려고 했다.

하지만, 내 손이 향한 곳은 머리가 아니라 허리 아래였다.

드르륵.

목욕탕 문이 열렸거든.

누구냐고 물어볼 것도 없다.

지금 이곳에 들어올 사람은 한 명밖에 없으니까.

그럼에도 혹시나 모른다는 생각에 나는 고개를 돌렸다가, 즉시 정면을 바라보았다.

나래가 수건 한 장 걸치지 않고 남탕에 들어왔으니까! 그것도 몸을 가리지 않고 당당하게 말이지!

이걸 어떻게 아냐고요? 제 앞에 있는 거울에 비치고 있거든요!

그래서 나는 바로 고개를 숙이며 말했다.

"갑자기 무슨 일이야?"

나는 깜짝 놀랐지만, 정작 나래는 태평하기 그지없는 목소리로 말했다.

"씻는 게 힘들 것 같아서 도와주러 왔어."

어쩜 그렇게 제 사정을 잘 아십니까.

그래도 거절하고 싶은데요?

지금껏 목욕탕에서 나래와 알몸의 교제를 나눈 게 한두 번은 아니었어도, 서로 몸을 씻겨 준 적은 없었으니까.

"아니, 괜찮아. 혼자 씻을 만해."

"거짓말하긴."

나 한정 거짓말 탐지기인 나래가 음흉한 목소리로 말했다.

"제대로 운동했으면 팔도 움직이기 힘들 텐데."

"아니, 뭐 그렇긴 한데."

잠깐.

지금 나래가 뭐라고 했지?

한 가지 깨달음을 얻은 나는 마치 만화의 주인공이 범인을 추궁하는 듯한 목소리로 말했다.

"……그걸 어떻게 아셨습니까, 나래 님?"

"……너처럼 눈치 빠른 아이는 싫다니까?"

점점 자신의 범행을 고백하는 나래의 목소리가 가까워진다.

"오늘은 몸이 다치지 않는 선에서 최대한 운동 강도를 높였거든. 순순히 내 목욕 시중을 받도록 만들기 위해서 말이야."

그건 기분 탓이 아니었구나! 지금 이 순간을 위해 함정을 파 놓은 거였나!

나래, 이 무서운 아이!

아이는 아니지만!

잠시 현실 도피를 하고 있던 내 뒤에 어느새 다가온 나래가 말했다.

"머리 감으려고?"

나는 마음의 동요를 숨기며 대답했다.

"아, 응."

"알았어."

뭘?

내가 묻기도 전에 나래가 선반…… 이라고 해야 하나? 왜, 목욕탕에 들어가기 전에 앉아서 씻는 자리에 보면, 거울 아래에 물건 놓을 수 있는 곳 있잖아. 거기에 놓여 있는 샴푸를 들었다.

자연스럽게 내 고개가 돌아가려고 했지만, 나는 불굴의 의지로 참았다.

"그런데 그거 알아?"

"응?"

"머리를 감을 때는 먼저 이렇게 샴푸를 손에 덜어서 거품을 낸 다음에."

"아니, 그보다 지금 목욕탕에 들어와서 제 동의도 없이 씻겨 주겠다는 건 얼렁뚱땅 넘어가신 겁니까?"

나래는 대답하지 않고 어느 정도 거품이 난 두 손을 내 머리에 올리며 말했다.

"손가락으로 두피를 마사지하듯이 감아 줘야 하는 거야."

다시 한번 딴죽을 걸어야 할까 생각했지만.

내 머리를 감겨 주는 나래의 손길이 너무나 시원했기에 아무 말도 하지 않기로 했다.

말했듯이, 몸이 힘들면 편한 걸 찾기 마련이다.

지금의 내 안에서는 수치심보다 편안함을 우선시하고 있다고.

그러는 사이에 어느새 나래는 샤워기를 손에 들고 물을 틀었다. 물 온도를 맞추기 위해 자신의 손바닥 쪽으로.

"눈 감아."

나는 눈을 감았고, 이내 딱 좋은 온도의 물이 내 머리 위에 뿌려졌다.

"손님, 물 온도는 괜찮으세요?"

갑자기 미용실 놀이를 하는 기분이 드네.

다른 게 있다면, 여기는 욕실이라는 것과 내가 목욕탕 의자에 앉아 있다는 것, 그리고 둘 다 알몸이라는 거지만.

"응, 괜찮아."

그래도 머리를 감고 있다는 건 다르지 않으니까 상관없겠지.

나래는 정성껏 내 머리의 비눗기를 씻어 내 주었다.

예전에 랑이가 머리를 감겨 줬을 때도 했던 말 같지만, 다른 사람이 머리를 감겨 주는 건 기분이 참 좋다니까.

……나래와 랑이 중에서 어느 쪽이 더 기분 좋은지 물어보지 말았으면 한다.

어느 쪽의 손도 들어 줄 수 없으니까.

그러는 사이 머리를 헹구는 게 끝났는지, 나래가 수도꼭지를 잠갔다.

"자, 끝."

"고마워."

나는 그렇게 말하며 습관적으로 고개를 뒤로 돌리려다가 억지로 다시 되돌렸다.

나래의 편안하고 시원한 손길에 머릿속까지 시원하게 씻겨 나갔네.

내가 앉아 있고, 나래는 서 있는 데다가, 둘 다 옷 하나 걸치지 않은 상태라는 것까지.

"푸훗."

그런 나를 보며 나래가 웃음을 터트리고서는 내 어깨를 툭 치며 말했다.

"뭘 그렇게 부끄러워해?"

"······당연히 부끄러워해야지."

"흐응? 그래?"

장난기 가득 담긴 목소리로 나래가 말했다.

"나, 서 있어서 머리 감겨 주는 동안 다 보고 있었는데."

뭘 보고 있었는지 물어볼 시간이 있다면 지금 당장이라도 다리를 오므려라!

"나래야! 아무리 그래도 좀 지킬 건 지키면 안 될까?!"

"이제 와서?"

그래요.

남녀칠세부동석 같은 말을 하기에는 이미 너무 멀리 왔고, 선을 지키라고 말하기에도 이미 몇 번이나 서로의 알몸을 본 사이였습니다.

잘도 지금까지 욕망을 억누르고 있구나, 나!

"그래도!"

그리고 나래 님은 때와 장소를 가려 자신의 욕망을 숨기지 않고 분출하는 분이시죠.

"우리 성훈이 다 컸네."

나래가 갑자기 내 어깨를 짚고 몸을 숙였다. 그것만으로도 내 머리가 우리 집에서 가장 큰 사이즈를 자랑하는 나래의 맨가슴 사이에 파묻혀서 기겁을 했는데! 나래의 앙가슴이 뒤통수에 닿고 양 가슴이 볼에 밀착해서 식겁했는데!

문제는 그게 끝이 아니었다는 거다!

"여기도 컸는지 좀 볼까?"

나래의 필살기에 나는 위협을 받은 아르마딜로처럼 온몸을 오므리고서는 질겁해서 외쳤다.

"으꺄악! 변태다!"

나는 진짜 깜짝 놀라서 지른 비명이었는데 말이야.

"푸웁!"

이런 내 반응이 재밌었는지 나래가 자리에 주저앉아서 배를 잡고 웃었다.

그것도 내 등을 팍팍 치면서.

아프다.

그리고 서럽다.

내가 뭘 잘못했다고 이런 식으로 놀림받아야 하는가. 나도! 여러 가지로 혈기 넘치는! 점점 커 가는 청소년인데!

나는 그 울컥한 심정에 몸을 맡겼다.

"뭐가 그렇게 웃겨?!"

그래봤자 몸을 돌려서 나래를 마주보는 정도지만.

그것도 다리를 모은 채라는 것이 제가 겁쟁이라는 증거입니다.

나래는 몸을 웅크려 앉은 채 손가락으로 눈가를 닦으며 말했다.

"장난이었는데 너무 놀라니까."

순간적으로 '내가 너한테 똑같이 해도 안 놀라는지 볼까?'라고 묻고 싶었지만 참았다.

스스로 무덤을 파는 꼴이 될 테니까.

"어휴, 됐어."

그러니 지금은 몸을 씻고 나가는 데 집중하자.

이곳은 적진. 내가 무슨 노력을 해도 나래의 손바닥 위에서 놀아날 수밖에 없는 전장인 것이다.

내가 몸을 돌리자, 나래가 이제야 겨우 웃음을 멈추고 고개를 들며 말했다.

"화났어, 성훈아?"

나는 사실대로 말했다.

"화 안 났어."

진짜로.

조금 서럽고 등짝이 아프긴 했지만 화는 나지 않았다.

"다행이다. 너무 웃어서 미안해"

"알면 됐어."

나는 대답을 하며 바디 워시와 샤워 타월을 향해 손을 뻗었고, 중간에 나래에게 빼앗겼다.

오늘 나래 님께서 장난기라는 것이 폭발하신 모양입니다.

나는 나래 쪽을 향해 고개를 돌리려다가, 어느새 나래가 의자를 가져와 뒤에 앉았다는 사실을 깨닫고 관뒀다.

조금 전에 머리를 헹구느라 물을 틀었기 때문일까.

수증기로 군데군데 가려진 거울을 통해 보는 게 직접 보는 것보다는…….

아니, 이건 이거 나름대로 배덕감이라고 할까, 살짝살짝 가려진 부분을 통해 발휘되는 인간의 상상력 때문에 위험하구나.

그리고 나래는 더욱 위험한 말을 했다.

"그러면 사과의 의미로 등 밀어 줄게."

"아니, 괜찮은데."

하지만 나래는 내 대답을 들을 생각이 애초에 없었는지, 이미 샤워 타월에 거품을 듬뿍 낸 뒤였다.

"사양하지 말고."

"정말 괜찮습니다만."

"내가 씻겨 주는 게 싫어?"

당연히 아니죠.

내가 좋아하는 여자애가 씻겨 준다는데, 이걸 싫어하는 사람이 있겠어?

하지만 나는 나래의 스킨십에 익숙해질지도 모른다는 게 무섭다. 그 순간, 어, 어, 하는 순간에 나도 모르게 저질러 버릴지도 모르는 일이니까.

그렇기 때문에 나는 나래에게 정중하게 거절하려고 했다.

"에잇~"

그리고 자기 자신을 설득시켜 마음속의 욕망을 이겨 내는 데 걸린 시간은 나래가 행동을 개시하기에 충분한 시간이었다.

"자, 잠깐?!"

나는 화들짝 놀랐다.

내 등 뒤에 닿은 것은 살짝 까칠까칠한 느낌의 샤워 타월이 아닌, 미끄러운 비누 거품에 감싸진 부드러운 피부의 감촉이었으니까.

손이냐고?

손이라면 다행이지. 나도 랑이를 씻겨 줄 때는 손을 쓰기도 하고.

하지만 나래가 사용한 건 손이 아니었다.

왜냐하면 나래의 두 손은 겨드랑이 사이로 앞으로 나와 깍지를 낀 채, 내 가슴을 껴안고 있었으니까.

그러면 여기서 문제.

나래가 사용한 건 무엇일까요, 가 아니라아아아!!

"자, 자, 자, 자, 자, 잠깐!"

도망치듯 일어나려고 했지만 나래는 내가 그럴 줄 알았다는 듯이 놓아주지 않았다.

무엇보다 강도 높은 운동으로 인해 내 몸에 나래를 뿌리칠 힘 같은 건 없어!

그런 내게 따뜻한 우유 속에 녹아 버린 초콜릿 같은 목소리로 나래가 속삭여 왔다.

"······너무 과민 반응하면 나도 조금 부끄럽거든?"

"조금이 아니라 많이 부끄러워해야 하는 일이야! 과민 반응도 아니고!"

"이 정도는 연인 사이라면 할 수 있는 일이잖아."

"연인이라고 말씀해 주셔서 감사합니다만 아직 저희에게는 많이 이른 것 같다고 할까, 몇 가지 단계를 건너뛴 것 같습니다!"

무엇보다 난, 이런 건 봤다고는 당당하게 말할 수 없는 영상 매체를 통해서만 간접적으로 봤을 뿐이다. 연인 사이에서 할 수 있는 일이라고 해도 '아, 그렇습니까? 그렇다면 안심이네요.'라고 말할 수 있겠냐!

그렇기에 나는 있는 힘을 다해 나래의 깍지를 풀기 위해 애썼다.

손가락 하나 풀지 못하고 있는 내게 나래가 말했다.

"넌 가끔 너무 꽉 막힌 것 같아."

"사람마다 가지고 있는 성적 윤리관은 모두 다르다고 생각하니까 강요하지 말았으면 하는데, 일단 이것 좀 놓고 이야기하자! 응?!"

나래가 빼, 하고 혀를 내밀며 장난기 가득한 목소리로 말했다.

"싫~어"

그렇다면 어쩔 수 없다!

지금 당장이라도 끊어질 것 같은 나의 이성의 끈을 지키기 위해 제삼자의 도움을 요청할 수밖에!

그렇게 나는 세희의 이름을 외치려고 했지만.

"……너하고 떨어지기 싫은걸."

언제부터인가 나래가 등 뒤에서 나를 그저 꼬옥 껴안고 있었다는 사실을 깨닫고 관뒀다.

그뿐일까.

나래의 목소리에는 정체를 알 수 없는 복잡한 감정이 녹아 있었다. 덕분에 나는 여러 가지 의미로 진정하고서 나래와 손을 겹치며 말할 수 있었다.

"왜 그래? 무슨 일 있었어?"

나래가 말했다.

"아니? 없는데?"

너무나 평온하고 태평하며 평안한 목소리로.

……내 걱정 물어내라.

난 내가 모르는 사이에 무슨 일이 생겨서 평소보다 더 짙은 애정 표현을 하는 줄 알았다고.

덕분에 상당히 복잡한 한숨을 쉰 내게, 나래가 말했다.

"네 체온이 따듯하고 기분 좋아서 떨어지기 싫은 것뿐이야. 몸이 녹아 버릴 것 같거든."

그건 나도 안다.

아이들하고 스킨십을 자주 하니까 포옹의 장점을 누구보다도 잘 알고 있지.

……지금 이게 일반적인 포옹의 범주에 들어가느냐는 둘째 치고, 그런 거였으면 심각한 목소리로 말하지 말라고!

"아하~"

속으로 한탄하고 있는 사이, 뭔가 깨달은 나래가 손가락으로 내 가슴을 쿡쿡 누르며 장난스럽게 말했다.

"왜, 성훈아? 걱정했어? 응? 내가 무슨 일 있어서 이러는 줄 알았구나? 그렇지?"

그걸 말씀이라고 하십니까, 나래 님.

"어휴……."

그래도 감정의 롤러코스터를 탔기 때문일까.

나래가 내 등 뒤에 딱 달라붙어 있는데도 다른 생각이 들지 않는다. 놀림받고 있는데도 말이지.

마치, 다 타 버린 잿더미처럼.

하지만 나는 알고 있다.

이것이 일시적으로 찾아온 현자의 마음가짐이라는 것을.

이 순간이 지나가면 나는 다시 흐물흐물해질 것이라는 사실을.

그러니 지금 이 상황에서 도망칠 수 있는 방법을 생각해 내야 한다.

"……너무 놀랐나?"

하지만 나래는 내 침묵을 다른 식으로 이해한 것 같다. 내 등에서 떨어져서, 압도적인 질량의 부재에 상실감을 느꼈지만 일단 그건 넘어가고.

옆에 앉아서 내게 말했으니까.

"알았어. 오늘은 여기까지 할게. 너도 슬슬 한계인 것 같으니까."

"으, 응? 뭐가?"

제가 한계라니 무슨 의미입니까? 제 강철과 같은 이성은 나래 님의 체온에 흐물흐물 녹아내리려고 했을지언정, 무너지지는 않았는데 말이죠.

도망칠 방법을 생각하려 했던 것이 그 증거다.

"너, 도망칠 생각이었잖아."

……범죄의 증거가 아니었는데 말이지.

"맞지?"

나래의 추궁에 나는 마른 웃음을 흘렸다.

"하, 하하, 하하하하."

나래에게 거짓말을 해 봤자 아무 의미도 없으니까.

"그럴 줄 알았어."

뭔가를 해탈한 듯한 나래는 샤워 타월에 거품을 내서 자신의 몸을 구석구석 닦기 시작했다.

방금 전까지의 일이 거짓말이었다는 듯이 몸을 씻는 데 열심이라서 갑자기 할 말이 없어졌다.

"성훈아."

"으, 응?"

그래서 나래가 불렀을 때는 조금 당황하고 말았다.

"씻겨 주다 말았으니까 제대로 씻어."

"어, 응."

"귀찮으면 내가 해 줘?"

"아니, 괜찮아."

"그래."

그렇게 저는 평범하게 몸을 씻었습니다.

……아름다운 소꿉친구가 옆에 앉아서 몸을 씻고 있는 것도 평범한 건 아니겠지만, 조금 전의 일과 비교하면 정상으로 보인다.

그렇게 잠시 각자 몸을 씻고 따듯한 욕탕에 들어가 어깨까지 몸을 담갔을 때.

"그보다 그 일 말이야."

맞은편에 앉은 나래가 내게 말을 걸었다.

"……."

문제는 나와 같이 어깨까지 물에 담갔는데 두둥실 떠오른 두개의 언덕이 내 시선을 붙잡아서 제때 대답을 하지 못했다는 거지.

내 시선을 눈치챈 나래가 따듯한 수온에 붉게 달아오른 얼굴로 욕탕에 떠오른 두 개의 섬을 수몰시키며 말했다.

"……뜨는 건 알고 있잖아."

그, 그래요.

알고 있었죠.

하지만 알고 있어도 언제나 새로운 게 일상 아닐까.

"아, 미안."

……뭔가 멋진 말로 얼렁뚱땅 넘어가려고 했지만 내 양심이 허락하지 않았다.

"그래서 무슨 일 말한 거야?"

"정책 말이야, 정책."

"아……."

격렬한 육체노동과 아찔한 정신 공격에 잠시 까먹고 있었다.

그리고 내 머릿속을 꿰뚫어 보고 계시는 나래 님은 살짝 웃으신 뒤, 말씀을 이으셨다.

"정책하고 관련해서 조금 생각해 봤는데."

나는 귀를 열고 말했다.

"응."

나래가 말했다.

"대통령이라든가, UN 사무총장…… 아, UN에서 가장 높은 사람이라고 생각하면 돼. 어쨌든 그분들하고 만나 보는 건 어때?"

……나래 님께서 갑자기 크게 나오셨습니다.

그것도 전 세계적으로 말이죠.

나는 볼에 맺힌 수증기인지, 식은땀인지 모를 물을 볼에서 닦아 내며 말했다.

"그건 좀 부담스러운데."

나와 달리 나래는 정말 아무것도 아닌 이야기를 하고 있다는 듯, 아찔한 각선미를 자랑하는 발을 내 쪽으로 쭉 뻗으며 말했다.

"얘는? 뭘 그런 걸 가지고 그래?"

은근슬쩍 제 발등을 콕콕 찌르는 건 그만해 주시죠.

이야기에 집중하기 힘드니까.

"그런 분들하고 만나는 걸 그런 거라고 해도 되는 거야?"

"응."

너무나 쉽게 단언했다.

"너도 알고 있잖아?"

나래가 조금 전까지 자신의 매력 포인트를 억누르고 있던 손으로 자신을 가리켰다.

그렇지요. 지금 제 앞에서 자신의 아름다운 나체를 아낌없이 드러내는 것으로 제 정신 건강과 수명 증진에 도움을 주고 계신 나래 님께서는 인외의 존재들을 대하는 데 전문가 중의 전문가라 평가받고 있는 곰의 일족의 수장이시니까요.

나는 한숨을 쉬고 곰의 일족 수장에게 말했다.

"그래도 너무 갑작스러운 거 아니야?"

"그렇지는 않아. 지금까지 정부 쪽에서 너와 만나 이야기하고 싶다는 이야기는 많이 왔는데, 내 선에서 거절해 왔거든."

"……처음 듣는 이야기네."

그렇게 말하는 동시에 정부 쪽에서 이야기가 없었다면 그게 더 이상한 일이라는 생각도 들었다.

왜, 처음에 랑이와 함께 서울에 올라올 때의 일도 있었으니까. 운전사 아저씨가 은근슬쩍 랑이의 정체를 떠보려다가 세희에게 불호령을 들었던 일.

아니, 그렇게 멀리 갈 것도 없이 지금 우리 집 주변에서 경계 근무를 서고 계시는 군인 형님들만 봐도 답은 나온다.

그저 내가 그쪽에 대해 별 관심을 안 가졌을 뿐이지.

"응. 지금 처음 말하는 거니까."

나래가 정말 아무 일도 아니라는 듯 말했다.

"부담 주기 싫었거든."

못난 나를 신경 써 준 것에 대한 고마움을 느끼는 한편. 나는 오히려 나래에게 묻고 싶었다.

"너는 괜찮아?"

정작 나래는 살짝 당황해서는 눈을 크게 뜨며 되물었지만.

"응? 나?"

"응."

내가 고개를 끄덕이자, 나래가 당찬 미소를 짓고서는 손가락으로 장난스럽게 내게 물을 튀기며 말했다.

"성훈아."

"응."

"너, 자주 까먹는 것 같은데, 나 일단 부잣집 외동딸이다?"

정확히 말하면 부잣집이 아니라 재벌가라고 하는 게 맞겠죠, 나래 님.

뭐, 내가 그 사실을 까먹고 있던 건 아니다. 그저 실감이 없을 뿐. 만약에 나래가 뉴스에서 나오는 재벌 2세나 3세처럼 행동하면 다르겠지만.

육체뿐만 아니라 인격적으로도 잘 자라 준 나래가 말했다.

"이런 일은 익숙해서 부담도 안 돼. 오히려 나한테 부탁하는 쪽을 걱정해 줘야 할걸? 난 요괴의 왕의 애인이면서, 곰의 일족의 수장이니까."

나래가 데헷, 하고 혀를 살짝 내미는 애교를 보이며 말을 이었다.

"거기다 사고도 한번 쳤었고."

내 잘못이 크고, 나래가 귀여우니까 넘어가도록 하자.

"덕분에 그 아저씨들이 보기에는 내가 화약고에서 불장난하는 어린애처럼 보일걸? 그러니까 네가 걱정할 만한 일은 없어. 거기다 내 입장에서는 이 상황이 조금 재미있기도 하고."

그렇게 말한 나래가 어딘가 사악한, 어렸을 때의 나를 닮은 미소를 일부러 지으며 말을 이었다.

"아. 이런 게 권력의 달콤함이구나, 하고."

내가 모르고 있던 나래의 또 다른 일면을 보는 것 같은 기분이 들었다.

……곰의 일족을 독립시키고, 나래를 수장으로 삼은 건 정말 잘한 일이었을까?

예. 잘한 일이었습니다.

애초에 이런 일로 변할 사람이었다면 나는 나래를 좋아하지도 않았을 거다. 지금 지은 사악한, 아니, 어렸을 때의 나를 닮은 미소도 '그러니까 부탁할 게 있으면 걱정하지 말고 말해.'라는 뜻을 담고 있는 거고.

그래서 나는 나래에게 조금 더 의지하기로 했다.

마음이 정해지자 내 입가는 살짝 올라갔고, 나래 역시 만족한 듯한 미소를 지으며 말했다.

"어쨌든, 세간에서 말하는 영향력 있는 사람들하고 만나서 사진 찍고 악수하는 것만으로도 꽤나 그럴듯한 일을 하는 것 같이 보이기도 하니까, 나중에 한번 생각해 봐."

나는 고개를 끄덕였다.

"응."

내 대답에 나래는 만족한 미소를 지으며 말했다.

"그럼 하고 싶었던 이야기도 했으니까 나는 먼저 나갈게."

응?

"벌써?"

욕탕에 들어온 지 5분도 안 지난 것 같은데?

조금 더 느긋하게 몸을 담그고 계시는 게 좋지 않을까요?

"슬슬 너를 만지고 싶은 마음을 못 참을 것 같거든."

하지만 돌아온 나래의 대답에 나는 그 말을 속으로 삼키며 말했다.

"나가실 문은 저쪽입니다."

나래는 약간의 아쉬움과 장난꾸러기 같은 미소를 짓고서는 욕실 밖으로 나갔다.

"……."

나래를 바라보고 있던 내가 고개를 돌리기도 전에 말이지.

……덕분에 오늘 밤은 잠도 잘 올 것 같지 않으니 할 일에
집중할 수 있겠군.

세 번째 이야기

그렇게 해서 평소라면 잠들었을 밤.

나는 글자로 공책을 빼곡히 채우고서야 겨우 펜을 놓을 수 있었다. 이것으로 정책과 관련된 일은 얼추 정리가 됐다.

그래, 세희의 협박대로 하루 만에 끝내 버린 거다.

이렇게 보면 나도 많이 성장했네.

한 가지 일에 마침표를 찍었다는 생각에 긴장이 풀렸고, 나는 늘어지게 기지개를 폈다.

"으다다닷……!"

언제나 그래 왔지만 오늘은 평소보다 훨씬 떠들썩하다고 할지, 지친 하루였다.

아버지의 전화 한 통에 완전히 휘둘린 느낌이군.

"에구, 에구."

나는 핸드폰을 꺼내 시간을 확인해 봤다.

새벽 3시.

많이 늦었네.

집중하고 있었더니 시간 가는 줄도 몰랐다.

평소라면 해야 할 일이 하나 더 있지만, 시간이 너무 늦었으니 내일로 미루자.

졸려 죽겠으니까.

나는 미리 깔아 둔 덕분에 방바닥의 온기를 흠뻑 머금고 있을 이불 속으로 들어가려고 했다.

들어가려고 했는데.

"……넌 왜 수문장처럼 거기 있냐?"

"이럴 때는 누름돌이라고 하시는 겁니다."

"누름돌로 쓰기에는 네가 너무 가벼워서 말이다."

"언제부터 혀에 기름을 바르는 법을 익히셨습니까?"

"그러는 넌 언제 내 이불을 방석 대용으로 쓰는 법을 배웠는데?"

"한 가지 일에 집중하시면 주변을 살피지 않는 버릇을 고치시기 바랍니다."

"그건 버릇이 아니라 내 머리의 한계……."

나는 말을 하다 말고 간지럽지도 않은 머리를 긁었다. 이 늦은 밤에 세희가 무슨 이유로 찾아왔는지 알 것 같거든.

"됐고, 나와. 시킨 건 다 끝냈으니까. 네가 말했던 대로 내일 아침 가족회의에서 말해 줄 테니까, 일단 자자."

지금까지 머리를 열심히 쓴 덕분에 뇌가 휴식을 바라고 있는 내게 세희가 말했다.

"오늘 하루 조금 빨리 잠들기 위해서 평생의 잠자리를 포기하실 생각이십니까."

"또 뭔 소리야?"

세희가 말했다.

"주인님께서 세희 찬스를 거절하신다면 내일 가족회의에서 민망한 일을 겪은 뒤 매일매일 잠들 때마다 이불을 발로 차며 기회가 있을 때 제게 정책을 확인받아야 했다는 후회를 하실 거라는 뜻입니다."

아, 그래.

세희야, 넌 말을 참 예쁘게 하는구나.

네가 아니라면 세상의 누가 내 속을 그리 긁을 수 있겠냐.

나는 지옥 훈련을 거른 탓인지 평소보다 훨씬 더 꿈틀거리는 마음을 다스리며 세희에게 말했다.

"그랬던 게 하루이틀이냐."

"망가진 시계도 하루에 두 번은 맞는다고, 인간쓰레기 오라버니께서도 올바른 말씀을 하실 때가 있군요."

그게 무슨 말이냐고 물어보려고 할 때.

세희가 아버지의 목소리로 말했다.

"너, 언제까지 그렇게 살래?"

정말정말 너무너무 고맙다, 야!

그 고마운 마음으로 주먹을 꽈악 움켜쥐고 있자니, 세희가 평온한 목소리로 내게 말했다.

"슬슬 주인님께서도 자신이 집안의 가장이며, 그 위치에 합당한 위엄이 있어야 한다고 생각하며 행동하셔야 할 것입니다."

나는 진심을 다해 말했다.

"네가 할 말이냐."

우리 집에서 나를 가장 깔아뭉개는 녀석이 말이지.

지금 네 엉덩이가 깔아뭉개고 있는 내 이불처럼.

"그거 아십니까, 주인님?"

하지만 세희는 얼굴에 철판을 깔고 내게 말했다.

"영웅의 일대기를 그린 소설을 보면, 주인공은 고귀한 혈통을 가지고 비정상적으로 태어난 뒤, 자신의 비범한 능력을 발휘하게 됩니다…… 만."

왜 그런 눈으로 나를 보냐.

"주인님과는 전혀 관계없는 이야기니 다음으로 넘어가겠습니다."

나는 어디 한번 해 보라는 뜻으로 입을 굳게 다물고 세희를 바라보았다.

세희가 말을 이었다.

"주인공은 그 후, 자신의 비범한 능력으로도 극복하기 힘든 시련을 겪게 됩니다. 하지만 그때 등장하는 조력자의 도움으로 온갖 고생 끝에 고난을 극복하고, 행복한 이야기의 끝을 맞이하게 되죠."

"그래서?"

"다시 말하면, 시련이 있어야 그 후에 다가오는 위기 극복의 순간과 행복한 미래가 더욱 극적으로 다가온다는 이야기지요."

세희가 무슨 생각으로 국어 시간에서나 배울 법한 이야기를 했는지 알 것 같았다.

나도 어려운 문제를 극복했을 때의 그 상쾌한 기분은 몇 번이고 느껴 봤으니까.

하지만 말이야.

"……네가 할 말은 아니지."

세희는 내게 도움을 주긴 하지만, 시련을 줄 때가 더 많으니까.

지금까지 있었던 사실에 기반을 둔 내 타당한 주장에 세희가 같잖다는, 그래! 사람을 하찮게 보는 시선으로 나를 내려다보며 말했다.

"책 좀 읽으시지요, 주인님. 조력자와 시련을 주는 인물, 혹은 시련의 원인이 같은 경우도 종종 있습니다."

말 한마디 지려 하지 않는 녀석에 이기려고 해 봤자 돌아오는 건 내 수면 시간의 단축이다.

"……하아."

나는 한숨으로 모든 것을 내려놓았다.

그건 그리 어려운 일도 아니었다. 이렇게 될 줄 어느 정도는 알고 있었으니까.

이 녀석은 내가 약이 써서 먹기 싫다고 하면 입에 깔때기를 물릴 녀석이잖아.

나는 의자에서 내려와 세희의 앞에 앉았다.

나는 내 나름대로 대화를 할 때의 예의를 차린 거였는데.

"그거 아십니까, 주인님? 강아지는 주인이 아프다고 생각하면, 그 부위를 핥는다고 합니다."

"……그게 뭐?"

"바둑이가 주인님의 머리뿐만 아니라 엉덩이도 핥아 주길 바란다면 맨바닥에 앉아 계시라는 뜻이었습니다."

세희는 내게 웃는 얼굴에 침 못 뱉는다는 말이 거짓말이라는 것을 가르쳐 주었다.

"그러면 어디 앉으라고?"

세희가 이불 위를 가리켰다.

"야, 인마. 이불 위에 앉는 건 예의 없는 짓이야."

알겠냐, 이 예의라고는 바둑이 밥에 던져 준 녀석아.

나는 그 말이 하고 싶었다.

"언제부터 그런 걸 따지셨습니까, 주인님?"

"지금."

정확히 말하면 네가 내 이불 위에 앉아 있을 때부터.

그리고 세희가 검은색 한복을 지고지엄하신 법관 복으로 바꿔 입고서 말씀하셨다.

"그렇다면 꼰대가 되신 주인님을 위해 지금 이 순간부터 조선 시대 때의 기억에 기반하여 집안의 기강을 바로 세우도록 하겠습니다."

해석하자면, 네가 꼰대처럼 굴면 나는 그보다 더한 꼰대가 되겠다.

"아니, 됐다."

행동 하나하나에 트집을 잡히고 싶지 않기에, 나는 군말 없이 이불 위에 앉았다.

우리 집에 대법관은 필요 없어.

"그래서 어떻게 도와주게?"

세희가 TV 프로그램의 방청객처럼 화들짝 놀라며 말했다.

"어머나, 세상에! 금붕어의 기억력도 12일이 넘는다고 하네요!"

······알고 있다고.

일단 내가 너한테 지금까지 고심하고 결정했던 정책에 대해 이야기해야 된다는 건.

하지만.

나는 살짝 인상을 찌푸리며 말했다.

"그래도 대화의 흐름이라고 할까, 순서라는 게 있잖아."

퀴즈 프로그램에서 전화 찬스를 쓸 거냐고 사회자가 물어보는 것처럼 말이다.

그리고 세희는 소매에서 멍석을 꺼내 이불 옆에 깔았다.

"됐습니까?"

내가 바란 게 이야기 꺼내기 편하게 멍석 좀 깔아 달라는 건 맞지만, 그래도 진짜 깔 건 없잖아.

"······."

할 말을 잃어 한숨만 푹푹 쉬고 있자니 세희가 인상을 찌푸리고서는 손짓만으로 멍석을 돌돌 말며 말했다.

"뭘 그리 바라시는 게 많으십니까."

나는 멍석을 소매 안에 집어넣은 세희에게 말했다.

"네가 나한테 바라는 것보다는 적을 거다."

세희가 입술 아래에 손가락을 대고서 진지하게 생각하는 척을 하며 말했다.

"생각해 보니 그렇긴 하군요."

앎을 실천하지 않으면 그건 죽은 지식이라고 하지.

"그러면 제 기대에 못 미치는 행보를 보여 주시지만 그럼에도 불구하고 쥐꼬리보다 못한 노력만은 끊임없이 하고 계시는 주인님을 기꺼이 여겨, 이번만은 제가 한발 물러나 드리겠습니다."

너무나 고마우신 세희 님께서 제게 물어보셨습니다.

"주인님. 주인님께서 처음으로 세상에 펼치고 싶으신 큰 뜻은 무엇입니까?"

나는 대답했다.

"나는 인간과 요괴가 같이 다니는 학교를 만들고 싶다."

내 말을 들은 세희가 잠시 고민을 한 뒤.

"주인님께서 그러한 결정을 내리신 이유를 듣고 싶습니다."

오늘 밤 너를 쉽게 안 재울 거라는 이야기를 돌려서 했다.

"……건너뛰면 안 되냐?"

세희라면 내게 물어볼 걸 산더미처럼 많이 생각해 놨을 테니까.

내가 어째서 학교를 세우기로 결정했는지, 그 이유 같은 건 별로 중요하지 않…….

"중요한 일입니다."

중요한 일이라 합니다.

"주인님께서 어떤 뜻을 품고 행동하시는가. 그것만큼 중요한 일이 어디 있다고 그렇게 쉽게 쉽게 넘어가려 하십니까."

그렇게 말해 주니까 고맙긴 한데.

그런 상냥함을 조금 다른 식으로 써 줬으면 좋겠다.

"그래도 지금 시간이 시간이잖아."

나는 슬쩍 시계를 향해 고개를 돌렸다.

세희가 손짓 한 번 하자, 3시 20분을 가리키고 있던 시침과 분침이 거꾸로 돌아가기 시작했다.

"야."

세희가 기묘한 표정을 지으며 말했다.

"제가 시간을 되돌렸습니다."

창밖은 아직 어둡지만 말이다.

차라리 세희의 질문에 성실히 답해 주는 게 내 수면 시간 보장에 도움이 되겠군.

생각을 바꾼 나는 세희에게 말했다.

"학교를 세우기로 결정한 건 가족들의 의견을 존중해 주고 싶어서야."

성의 누나는 말했다.

우리에게 주어졌던 기회가, 서로와 대화를 할 수 있는 시간이 인간과 요괴들에게도 있었으면 좋겠다고.

그를 통해 작은 다툼과 오해가 생길지도 모르지만 결국 극복할 수 있을 것이라고.

나는 성의 누나의 추억을 받아들였다.

페이는 말했다.

인간과 요괴가 같은 게임을 즐기며 서로 친해졌으면 좋겠다고.

페이는 컴퓨터 게임 같은 걸 생각하고 말한 거지만, 다르게 생각하면 말 그대로 '놀이'를 뜻하기도 한다.

나는 페이의 취미를 받아들였다.

랑이는 말했다.

내가 많은 요괴들을 직접 만났으면 좋겠다고.

그들의 목소리를 직접 들어 줬으면 좋겠다고.

그러면 나를 못 미덥게 보던 대요괴들도 분명 마음이 바뀔 것이라는 말과 함께.

나는 랑이의 믿음을 받아들였다.

냥이는 말했다.

랑이에게 낮잠이 필요하다고.

냥이야 사랑하는 여동생만 생각하며 말한 거지만, 나는 고심 끝에 조금 다르게 받아들였다.

모든 요괴들에게는 성장할 수 있는 시간과 장소가 필요하다고.

나는 냥이의 여동생 사랑을 받아들였다.

가희는 말했다.

인간과 요괴를 가리지 않고 인재를 뽑아 하늘을 공경하는 춤을 추도록 만들자고.

가희가 무슨 속내로 아이돌 그룹을 만들고 싶어 하는지는 모르겠지만.

나는 가희의 속셈을 받아들였다.

치이는 말했다.

인간과 요괴가 함께 서로의 일상을 공유하며 같은 것을 배울 수 있으면 좋겠다고 말했다.

그러면 서로가 다르지 않은 이들이라는 사실을 깨달을 수 있을 것이라고.

나는 치이의 희망을 받아들였다.

아야는 말했다.

자신을 책임져 달라고.

그렇기에 나는 아야의 권리를 지켜 줄 방법을 생각해야만 했다.

그리고 교육은 국가 이전에 부모로서 지켜 줘야 할 아이의 권리 중 하나지.

나는 아야의 어리광을 받아들였다.

나래는 말했다.

영향력 있는 인물들과 만나고, 그를 세상에 알리는 것은 어떻겠냐고.

그것만으로도 세상 사람들은 내가 제대로 된 일을 하고 있는 것처럼 생각한다며.

다시 말하면, 내가 무리하지 않고도 세상의 인정을 받는 방법도 있다는 뜻이다.

나는 나래의 상냥함을 받아들였다.

나는 내 가족들의 소중한 마음을 받아들였다.

랑이와의 약속을 지키고 싶었다.

그렇기에.

나는 요괴의 왕으로서 세상에 보이는 첫 행보를 무엇으로 정할지 정말 많은 고민을 했다.

"그래서 나온 결론이 학교를 세운다는 겁니까."

세희가 일부러 고개를 갸우뚱거리며 말했다.

"잘 모르겠습니다."

아니, 거짓말을 했다.

"뭘?"

그래도 따지지 않고 넘어가 줘야 내 수면 시간이 조금이라도 늘어나는 지름길이지.

세희가 말했다.

"비상한 머리를 가진 저로서는 기괴한 사고방식을 가진 주인님께서 어떠한 과정을 거쳐 그런 결론을 내리셨는지 이해를 못하겠다는 뜻입니다."

나는 인상을 찌푸리며 말했다.

"……시비 거냐."

"제가 주인님께 시비를 걸고 싶었다면 좀 더 공격적인 어투로 기괴한 예시를 들면서 말했겠지요."

"하긴."

세희는 하려면 할 수 있는 아이니까요!

좋은 쪽이든 나쁜 쪽이든 말이야.

어쨌든 그렇다는 건…….

나는 세희에게 말했다.

"그러니까 너는 내가 가족들의 의견을 염두에 두고 정책을 세우기로 한 결과, 학교를 세운다는 결론이 나온 과정에 대해 자세히 듣고 싶다는 거냐?"

세희의 입꼬리가 살짝 휘었다.

"그렇습니다, 주인님."

"너무 길어질 것 같은데……."

나는 슬쩍 세희에게 내일 하자는 눈치를 줬지만, 이 녀석은 여전히 웃는 낯이었다.

어휴.

"네 고집을 누가 꺾겠냐."

"제 고집 같은 건 한 송이 가녀린 꽃처럼 쉽게 꺾으실 수 있는 분께서 그런 말씀을 하시는 겁니까?"

그 가녀린 꽃에는 코끼리도 한 방에 죽일 수 있는 치명적인 독이 있다는 건 왜 빼먹는지 모르겠다.

"됐고, 듣기나 해."

세희가 겁쟁이를 비웃는 미소와 함께 고개를 끄덕였고, 나는 말했다.

"결론부터 말하면, 내가 고등학생이라서 그런지 학교가 가장 먼저 떠오르더라고."

몇 번이나 말했듯이, 사람은 자신의 기억, 경험, 지식을 기반해서 사고를 펼치는 경향이 있다.

나 또한 그렇다.

그리고 아직 17살밖에 안 된 내가, 가장 오랜 기간 동안 속해 있던 사회 집단은 학교였다.

거의 10년을 속해 있었으니까 말이지.

……성실하게 지내지는 않았지만, 어쨌든.

"인간과 요괴가 같이 다닐 수 있는 학교를 만들면 어떨까, 하고."

그렇게 생각하는 순간.

머릿속에서 온갖 생각이 미칠 듯이 날뛰었다.

"인간과 요괴가 같이 다니는 학교를 만들면, 가족들이 바라는 걸 전부 들어줄 수 있을 것 같더라고."

일단, 인간과 요괴가 함께 다니는 학교를 만들면 싫어도 세상의 이목을 끈다. 그때 교육부 장관 같은 정부 쪽 인사와 악수하면서 밝은 미소라도 한번 지어 주면 TV에 나오지 않겠어?

학교를 세운 뒤에 이사장 자리에 취임하면 인간과 요괴 학생들과 만날 수 있는 자련을 마련할 수도 있고 말이지.

거기다 학교는 교육을 위한 장소다.

인터넷을 찾아 보니 교육이라는 건 살아가는 데 필요한 지식과 기술을 가르치고, 훌륭한 자질과 원만한 인격을 기르도록 돕는 일이라고 적혀있었지.

다시 말하면, 인간과 요괴들 모두에게 성장할 수 있는 시간과 장소를 제공할 수 있다는 뜻이다.

그 말은 양쪽 모두가 서로의 일상을 공유하면서 같은 걸 배울 수 있다는 이야기가 되고.

그러면서 은근슬쩍 아야도 학교에 보내서 부모로서의 책임도 지고, 체육 시간에 봉신무를 가르치는 것도 가능하지 않겠어?

그렇다고 학교에서 공부만 하냐?

당연히 아니다. 쉬는 시간이나 체육 시간, 부활동 등등. 학교는 의외로 학생들끼리 같이 놀 수 있는 시간이 충분히 있다.

그 시간 동안 서로는 서로의 같은 점과 다른 점을 알아 가고, 그로 인해 다투고, 화해하고, 서로를 이해할 수 있을 거다.

그들이 본보기로 삼을 수 있는 대요괴님들도 우리 집에 계시고 말이지.

문제는 그런 과정 속에 생긴 문제를 '어떻게 수습하고 통제할 것인가.'인데.

그로 인한 문제는 가족회의 때 나래와 세희가 자세히 말해 줬으니까 넘어가자.

　나는 그 문제의 해결책이 학교라는 장소에 있다 생각한다.

　학교에서는 근거 있는 통제가 가능하니까.

　교사와 학생이라는, 입장의 차이를 이용해서 말이지.

　나는 그 모든 생각을 세희에게 전한 뒤, 어깨를 으쓱거리며 말했다.

　"뭐, 그렇게 된 거야."

　세희가 말했다.

　"잘 알겠습니다."

　"그러면……."

　나는 깊은 한숨을 쉰 뒤 말했다.

　"뭐가 문제일 것 같은지, 마음에 안 드는지 말해. 대답해 줄 테니까."

　세희와 알고 지낸 게 벌써 반년이다.

　나도 세희가 무슨 생각을 할지, 어떤 반응을 보일지 어림짐작 정도는 할 수 있게 됐다는 이야기지.

　세희는 나와 비교도 안 될 정도로 머리가 좋은 녀석이니까, 당연히 내가 세운 정책에 대한 문제점 같은 것도 순식간에 떠올릴 수 있을 거다.

　그리고 졸려 죽을 것 같은 나에 대한 배려도 없이 질문 공세를 이어…….

　"주인님께서 세운 정책에 관해서는 문제로 삼을 만한 건 없습니다."

응?

"뭐?"

없어? 왜? 왜 없어? 그게 말이 돼?

예상치 못한 대답에 당황하고 있는 내게 세희가 말했다.

"저와 같은 인간이었다고 말하기도 민망한 수준의 지적 능력을 가진 주인님께서 밤잠까지 줄여 가면서 자신의 정책의 문제점을 파악하려 하시고 그에 대한 적합한 해답도 내놓으셨다는 것을 저 또한 이미 알고 있으니까요."

그렇게 말하는 세희는 슬쩍 시선을 책상 쪽으로 돌렸다. 그 위에는 내가 지금까지 열심히 생각을 정리해 놓은 공책이 있었다.

어떻게 라고 물어볼 필요도 없는 일이었다.

이 녀석은 우리 집안에서 일어나고 있는 일을 모두 알 수 있으니까.

"이미 말씀드렸다시피 제가 궁금했던 것은 주인님께서 어떠한 뜻을 두고 어떠한 과정을 거쳐 학교를 세우기로 결정하셨는지에 대한 것이었습니다. 그것만은 공책에 적혀 있지 않았으니까요. 그리고 지금. 그에 대한 이야기를 들었으니 주인님께 정책에 대해서는 더 여쭤보고 싶은 것은 없습니다."

하지만 평소와 다른 세희의 반응 때문일까.

나는 그 사실을 쉽게 받아들이지 못했고, 그걸 눈치챈 세희는 살짝 인상을 찌푸리며 입을 열었다.

"사람을 믿지 못하는 병에는 안주인님의 침이 즉효입니다."

"아니, 넌 귀신이잖아."

"생령이라고 하시는 쪽이 좀 더 정확하겠지만요."

나는 고개를 저으며 말했다.

"농담 그만하고. 이번에는 또 무슨 꿍꿍이야?"

내가 세희를 못 믿는 건 아니다.

하지만 말이야. 어쩔 수 없잖아?

세희니까요!

이 녀석은 절대 이런 식으로 좋게 좋게 넘어갈 녀석이 아니다.

어떻게든 내 자존감을 지옥의 밑바닥으로 떨어뜨려 염라와 재회하게 만들려고 노력하는 세희라고.

의심에 가득 찬 눈으로 바라보고 있는 내게 세희가 살짝 기분 나쁜 표정을 지으며 말했다.

"……주인님께서 조금이라도 더 오랜 시간을 주무셨으면 하는 제 배려를 그렇게 곡해하시깁니까."

"……곡해가 아닌 것 같은데."

세희의 표정을 보니 거짓말 같지는 않았지만 이 녀석이 쌓은 지난 세월의 업이 너무나 깊다.

"너, 사실대로 말해. 날 안심시킨 다음에 내일 가족들 앞에서 망신 주려는 거 아니야?"

오히려 의심이 깊어갈 뿐.

"알겠습니다."

크게 한숨을 쉰 세희가 말했다.

"그렇다면 의심병에 걸린 겁쟁이를 안심시켜 드리기 위해 주인님께서 세운 정책의 문제점, 그리고 그에 대한 해답에 대한 제 의견을 최대한 간략하게 말씀드리겠습니다."

세희가 말했다.

"먼저, 학교를 운영하는 데 필요한 금전적인 문제는 나래 님을 통해 정부의 협조를 이끌어 내는 것으로 해결한다는 생각은 제가 보기에도 괜찮은 것 같습니다. 곰의 일족 수장이면서 요괴의 왕의 애인이신 나래 님의 '부탁을 가장한 협박'을 한 귀로 듣고 한 귀로 흘릴 수 있는 자는 인간 세상에 없을 것이고, 나래 님의 성격과 인품상 그런 일로 부담을 느끼실 일은 없으니까요. 주인님을 곱게 보지 않는 대요괴들을 설득해 인요 공학에 들어오도록 만드는 역할에 냥이 님을 배정한 것 또한 그렇습니다. 잠꾸러기였던 안주인님을 대신해 요괴들을 이끌어 주셨던 냥이 님이시니, 그 부탁을 쉽게 거절할 수 있는 대요괴는 없을 테니 말이죠. 조금 다른 이야기입니다만, 힘이 강한 요괴들을 입학시켜야만 주인님의 정책에 효과가 있다는 것을 잊지 않으셨다는 것은 칭찬해 드리고 싶은 일입니다. 그리고 마지막으로, 학교를 운영하는 데 필요한 인재를 구하는 것을 제게 부탁하기로 결정하셨다는 것에는 감탄을 금치 않을 수 없습니다. 진심으로 모시고 있는 주인님께서도 의심을 버리지 못하는 괴팍한 제 성격 탓에 교우 관계를 유지하고 있는 이들은 별로 없습니다만, 제게 이용당할 수밖에 없는 관계를 맺고 있는 유능한 자들의 수는 꽤나 많으니까 말이죠."

세희가 속사포처럼 쏟아 낸 건, 내가 공책에 정리해 뒀던 내용이었다.

나는 학교를 세우는 데 있어서 가장 큰 문제점을 운영에 필요한 돈, 다른 요괴들에게 영향을 줄 수 있는 대요괴들을 어떻게 입학시킬 것인가. 그리고 그들을 관리하며 학교를 운영할 인재를 어떻게 찾을 것인가.

이 세 가지라 생각했다.

그리고 그것들이 세희의 입을 통해 정말 간략하게 정리되었고, 아무런 문제가 없다고 인정받았다.

놀랍게도 말이지.

"됐습니까?"

그래서 나는 떡 벌어진 입을 어찌하지 못했고.

"뭡니까, 믿을 수 없는 걸 보았다는 그 표정은."

세희의 핀잔을 듣고 나서야 겨우 입을 움직일 수 있었다.

"어, 응. 미안. 조금 예상 외여서."

사실대로 말하면 조금이 아니지만.

이건 뭐랄까.

사자와 어린 양이 들판에서 평화롭게 뛰노는 모습을 본 것 같은 느낌이라고 할까?

그만큼 세희가 내 해답에 OK 사인을 내릴 거라고는 상상도 못했거든.

"다만 정책과는 별개로 한 가지 문제점이 있습니다."

그래서 그럴까.

세희가 그렇게 말을 이었을 때는 마음에 평안과 안식이 찾아왔다.

그래, 내가 찾은 답은 어딘가 문제가 있어야지.

암.

"……상당히 기뻐 보이는 것 같습니다만, 혹시 냥이 님께 말씀하셨던 것처럼 마조히스트적인 취향에 눈을 뜨신 겁니까?"

세희는 진심으로 기분 나빠했지만.

"아니, 그런 건 아니고."

나는 그저 안심이 됐을 뿐이다.

비일상 속에서 일상을 찾은 것 같아서.

"그것보다 뭐가 문젠데? 응?"

입을 다물고서 생각에 잠긴 세희는 잠시 후 고개를 절레절레 흔든 뒤 내게 말했다.

"주인님께서는 정말 그 누구보다 꼬여 계시는 분이시군요."

평소라면 네가 할 말이냐고 딴죽을 걸었겠지만, 지금의 나는 냥이의 짜증도 웃으면서 넘길 수 있을 정도로 마음의 여유를 찾은 상태다.

"나도 그렇게 생각해."

미소가 가득 담긴 대답에 세희는 한숨을 쉰 뒤, 내게 말했다.

"다시 말씀드리지만 주인님이 정하신 정책과 문제점에 대한 해결책에는 큰 문제가 없으며, 있다 하더라도 현장에서 대응할 수 있는 자잘한 것들뿐입니다. 혹은, 주인님께서 **학교를 세우기 전에 충분히 해결하실 수 있는 사소한 문제** 정도겠지요."

상당히 신경 쓰이는 말을 한 것 같지만, 지금은 따지고 들어갈 상황이 아닌 것 같다.

내가 감당할 수 있는 일이라고 세희가 말했으니까 더더욱.

고개를 끄덕인 내게 세희가 말했다.

"그렇기에 제가 드리고 싶은 충고는 그것과는 별개로 주인님께서 간과하고 계시는 부분이 있다는 것입니다."

내가 생각하지 못한 게 있다고?

나는 잠깐 기다려 달라는 뜻으로 손바닥을 보였고, 세희는 입을 다물었다. 하지만 그렇게 몇 분을 끙끙 앓으며 고민해 봐도 떠오르는 게 없다.

어쩔 수 없군.

"뭔지 모르겠는데."

백기를 흔든 내게 세희가 말했다.

"그건 바로."

엄지와 검지로 돈을 뜻하는 손짓을 하고서 말이야.

"세상은 Give&Take로 돌아간다는 점입니다."

같은 뜻을 가진 속담으로 가는 게 있으면 오는 게 있어야 한다는 말이 있지, 아마.

인망을 갖추고 계신

"주인님께서 요망(妖望)이 두터운 선대 요괴의 왕의 언니와 곰의 일족 수장과 그 지모가 한신이나 제갈량과 비교해도 뒤

떨어질 것 없는 창귀의 손을 빌린다는 것까지는 정말 좋은 방법이라고 생각합니다."

하고 싶은 말은 많았지만 나는 침묵을 지켰고, 그게 정답이었다.

세희가 만족스러운 미소를 지으며 말을 이었으니까.

"왜냐하면, 주인님께선 그 정도의 부탁을 할 수 있는 자격이 있으시기 때문입니다."

……거기서 자격이라고 말하는 게 세희답다고 할까.

나였다면, 관계를 쌓았다고 이야기했을 테니까.

나와 너희들 사이에 말이지.

나래야 말할 것도 없고, 세희도 그렇다. 마음에 걸리는 게 있다면 냥이 정도지만, 그래도 미래의 처형이잖아! 괜찮지 않겠어?!

그런 마음에 나는 고개를 끄덕였고.

"하지만."

세희는 엄한 목소리로 말했다.

"주인님의 마음속에 자신이 있을 곳이 이곳이 맞나 전전긍긍하며 지금 당장이라도 다른 곳으로 거처를 옮겨야 하지 않을까 고심하고 있는 양심이라는 것이 아직 남아 있다는 가정 하에 말씀드리자면, 주인님께서 부탁하실 일이 결코 쉬운 것만은 아니라는 것을 3곱하기 2가 6이라는 답을 찾기까지 걸리는 시간 동안이라도 생각해 봤을 경우 알 수 있으셨을 겁니다."

잠깐 방심하고 있었던 탓일까.

세희의 독설이 훅 들어와 나는 말을 더듬을 수밖에 없었다.

"그, 그렇지."

어째서인지 맞으면 아플 것 같은 날카로운 회초리를 꺼내 든 세희가 무서운 선생님 같은 어투로 말했다.

"이런 상황에서 주인님께서는 가장 중요한 것을 고려치 않으셨습니다. 그게 무엇인지 아시겠습니까?"

마치, 내가 제대로 대답하지 못하면 엄히 혼낼 거라는 듯 말이야.

그런 일은 없겠지만.

세희가 준 '세상은 Give&Take'라는 힌트를 잊지 않았으니까.

나는 세희에게 대답했다.

"······감사의 마음?"

"정답입니다, 주인님."

세희가 회초리를 소매 안으로 집어넣으며 말을 이었다.

"조금 더 정확하고 구체적으로 정의하자면 상대에 따라 다른 감사의 마음을 동반한 물질적인, 혹은 정신적인 보답이라 할 수 있겠지요. 예를 들어, 나래 님의 경우. 주인님께서 힘껏 끌어안으며 떡 주무르듯이 엉덩이를 힘껏 주무르며 사랑한다는 말 한마디만 드리면 만사형통이겠습니다만, 냥이 님께 같은 행동을 했다가는 지옥행 특급 열차의 표를 끊는 것과 마찬가지니까요."

"내가 미쳤냐. 그런 짓을 하게."

전자든, 후자든.

"어디까지나 예를 든 것뿐이니 손을 들어 달을 가리키니 손가락을 보는 것 같은 일은 그만두셨으면 합니다."

나는 교묘하게 추궁을 벗어난 세희에게 말했다.

"그러면 네 말대로 해서."

나는 내가 간과하게끔, 하지만 눈치채 줬으면 하는 심정을 담아 이야기했던 세희를 바라보며 말했다.

"그러는 넌 나한테 바라는 거 없어?"

나래와 냥이에 대해 언급하면서 자기 이름만 쏙 빼놓고 이야기했잖아, 이 녀석.

그동안 말 속에 숨겨진 뜻을 알아채지 못해서 고생한 일이 한두 번도 아닌 나다. 이런 쉬운 함정 정도야 눈 감고도 헤쳐 나갈 수 있다고.

"주인님께 무슨 일로도 갚을 수 없는 은혜를 받은 제가 무엇을 바라겠습니까?"

역시 내 생각이 맞았군.

세희가 입가에 미소를 띠며 마음에도 없는 소리를 하는 걸 봐서 말이지.

내가 그렇다고 훤히 보이는 함정에 빠질 것 같냐?

"사양하지 말고."

나는 거만하게 턱을 괴며 말을 이었다.

"원하는 게 있으면 말해 봐."

"그렇다면."

세희가 즉답했다.

"안주인님께 장가가시지요."

나는 바로 무릎을 꿇고 엎드려 빌었다.

"그건 조금 더 기다려 주시면 안 되겠습니까."

"이미 반년 동안 기다린 것 같습니다만."

"반년은 무슨 반년! 아직 6개월도 안 지났어!"

"**18**개월 같은 **육시월**이었습니다."

"……너 그냥 나한테 욕 하고 싶은 거지?"

애초에 육시월이라는 말은 없다고.

"그것보다."

세희가 말을 돌렸다.

"저는 괜찮습니다만, 주인님께서 그토록 제게 상을 주고 싶으시다면."

부담스러울 정도로 나를 똑바로 바라보며 세희가 말을 이었다.

"혼자 힘으로 고심 끝에 정해 주셨으면 합니다."

왜일까요.

지금 긁어 부스럼, 제 손으로 제 무덤 판다 같은 속담이 생각난 건.

세희가 파놓은 함정을 피했다고 생각했는데, 알고 보니 정말로 노린 건 이쪽이었던 것 같단 말이지.

하지만 그렇다고 내 선택을 후회하는 건 아니다.

세희의 말대로, 세상은 Give&Take.

세희가 내 어려운 부탁을 들어준다면, 나도 그에 대한 보답을 하는 게 인지상정 아니겠어?

……문제는 이 녀석에게 도대체 뭘 어떻게 감사의 마음을 표현해야 할지 모르겠다는 거지.

그 누구도 아닌 세희니까.

내가 그렇게 골머리를 썩고 있을 때.

"그럼."

세희가 자리에서 일어나며 말했다.

"시간도 많이 늦었으니 저는 이만 물러나도록 하겠습니다."

"응?"

나는 시계를 바라보았다.

"어, 벌써 4시네."

세희하고 이야기하다보니까 시간 가는 줄도 몰랐다.

"슬슬 자야겠다."

물론, 그럴 생각은 없다.

지금부터 나래와 냥이와 세희에게 어떻게 고마운 마음을 표현할지 생각해 봐야 하니까.

이불 속에 누워서 눈을 감은 채 말이야.

그렇지 않으면 이 녀석이 눈치챌 테니까.

그리고 세희는 세희였다

"입 발린 말씀은 그만두시고 바로 주무시지요."

내 머리 위에 있으니까.

"……눈치챘냐."

"나래 님도 속이지 못하는 주인님께서 누굴 속인단 말씀이십니까?"

그렇게 말한 세희는 낮은 한숨을 쉬고서 내게 말했다.

"그리고 이렇게 말씀드려도 주인님께서 제 말을 귓등으로 흘릴 거라는 사실도 알고 있습니다."

뜨끔.

사실 그럴 생각이었습니다.

세희에게 정곡을 찔려 버린 나는 급히 변명했다.

"아니, 뭐라고 할까, 제대로 마무리를 짓지 않으면 잠자리가 사나울 것 같아서 말이야."

바로 내일 아침에 가족들과 이야기를 나눌 건데, 그 전까지는 준비를 마쳐야 하지 않겠어?

"하아……."

이번에는 조금 더 깊은 한숨을 쉰 세희가 말했다.

"그렇다면 냥이 님을 설득할 수 있는 선물은 제가 마련하기로 하겠습니다."

……응?

예상치 못한 친절에 잠깐 넋이 나가 있을 때.

어느새 방문을 연 세희가 뒤를 돌아보며 내게 말했다.

"저를 생각하며 잠 못 이루는 밤을 지새우시라는 뜻입니다, 주인님."

부끄럼을 탄 달이 구름 뒤에 숨었기 때문일까.
세희의 미소는 마치 별빛이 녹아내린 것만 같았다.

끝마치는 이야기

결국 세희의 말대로 됐다.

……나래는 자기 합리화를 통해서 어떻게든 내 마음을 표현할 방법을 찾아낼 수 있었지만, 세희는 답이 없었거든요.

"망했네."

그 결과 내가 모든 걸 포기하고 잠든 건 새벽 5시였고, 일어난 건 12시였다.

랑이를 만난 다음에 이렇게 늦잠을 잔 건, 몸이 말 그대로 박살 나거나, 앓아눕거나 했을 경우밖에 없었는데.

생활 패턴이 망가지지 않도록 조심해야겠군.

"으다다다닷!"

나는 늘어지게 기지개를 켠 뒤 문을 열고 밖으로 나왔다.

겨울이지만, 해가 높이 뜬 시간이라서 그런 걸까. 아니면 따듯한 이불 속에서 나온 지 얼마 안 돼서 그런 걸까.

살갗에 닿는 바람이 시원하게끔 느껴진다.

나는 대청마루를 가로질러 일단 안방으로 향했다.

애들한테 지금 일어났다고, 씻고 나서 가족회의를 열 거라고 이야기할 생각이거든.

그렇게 생각하며 문을 열었을 때.

"······라는 것입니다."

나는 여성용 정장에 검은색 스타킹을 신고 안경까지 쓴 채 뭔가 빽빽이 적힌 화이트보드에 지휘봉을 가리키고 있는 세희를 볼 수 있었다.

저렇게 보니까 무슨 미인 학원 강사 같군.

그 수강생은 나래, 랑이, 치이, 페이, 아야, 성의 누나, 성린, 냥이, 그리고 가희였다.

"아, 일어났느냐?"

그 중에서 내가 들어온 걸 가장 먼저 눈치챈 건 냥이 옆에 앉아 있던 랑이였다.

랑이는 지금 당장 쪼르르륵 달려와 내게 안기고 싶어 하는 눈치였지만.

"아직 이야기가 끝나지 않았으니 가만히 있거라."

냥이가 자신의 꼬리를 잡고 있어서 그러지 못하는 게 못내 아쉬운가 보다.

나는 손을 들어 인사를 했고, 치이가 귀 위 머리카락을 파닥이며 걱정스러운 목소리로 말했다.

"아우우우, 아무리 일이 중요해도 잠은 제때 주무셔야 하는 거예요. 그러다가 밤낮이 바뀌면 큰일 나는 거예요."

그런 사람이 아버지라 나는 진심으로 고개를 끄덕이며 말했다.

"다음부터 주의할게."

[안 그래도 됨.]

하지만 페이는 소꿉친구와 다른 의견을 가지고 있는 것 같군.

[늦잠은 폐인이 되는 첫 단계. 동지가 늘어서 기쁨.]

빈말이 아닌 듯 해맑은 미소를 지었지만, 그것도 잠시.

"……페이."

치이가 스산한 목소리로 자신의 이름을 부르자 이내 양갈래 머리카락을 빙빙 돌리며 급히 글을 고쳐 썼다.

[늦잠은 폐인이 되는 첫 단계. 동지가 늘면 안 됨.]

치이의 매서운 눈빛에 식은땀을 줄줄 흘리는 페이를 불쌍히 여겨 나는 고개를 끄덕였다.

"나도 될 생각 없다."

그제야 치이가 평소처럼 돌아왔고, 페이는 안도의 한숨을 쉬었다.

"크응, 뭐 하느라 늦게 일어난 거야, 이 잠만보야! 심심해서 죽는 줄 알았잖아!"

나는 마음에도 없는 소리를 한 아야에게 대답을 하려고 했지만.

"아빠, 언니가 많이 걱정했어."

"그래요. 아야는 성훈에게 보……."

"보구!"

"그래요. 보구라도 끓여 줘야 하는 거 아니냐고 말했어요."

성의 누나와 성린의 악의 없는 고발에 잠시 미뤄야만 했다.

그보다 보약이겠지. 보구는 들어보지도 못한 단어라고.

"키이이잉! 그, 그걸 왜 말하는데, 이 답답이들아!"

하지만 아야가 얼굴을 붉히며 자신의 무덤을 팠으니까 딴죽 걸지 말고 슬쩍 미소 지어 주는 걸로 대신하자.

왜냐면.

"말하면 안 되는 거야?"

"그래!"

"왜 그런 가요, 아야?"

"그, 그러니까, 그건……."

"왜 그래? 언니? 왜 안 되는데?"

성의 누나와 성린의 질문 공세에 나까지 휘말릴 것 같으니까.

나는 도움을 요청하는 아야의 시선을 피하기 위해 고개를 돌렸고, 소파에 앉아 있는 나래가 자신의 옆자리를 가리키는 것을 볼 수 있었다.

"일단 앉아."

"씻고 싶은데."

"나중에 씻고."

그래서 그러기로 했습니다.

……최대한 나래와 아이들 쪽을 보면서 입을 열면 안 되겠다.

"신경 쓰이면 이거라도 먹고."

그런 내 생각을 눈치라도 챘는지, 나래가 가슴골에서 사탕을 꺼내 내게 건네줬다.

나는 살짝 고개를 숙이고 사탕을 입에 물었다.

달구만~

나래의 향기가 나는 것 같기도 하고.

"그럼 때늦은 아침 인사도 끝난 것 같으니 이야기를 되돌려도 되겠습니까?"

그러고 보니 세희는 무슨 이야기를 하고 있었던 거야?

나는 설명을 해 달라는 뜻으로 나래를 바라보았다.

제 상냥한 소꿉친구는 대답 대신 손가락을 들어 화이트보드를 가리켰습니다.

화이트보드의 맨 위에는 이렇게 적혀 있었다.

[요괴의 왕 강성훈의 정책 설명회]
[요괴의 왕의 부재 시 대리인이 진행할 수 있습니다.]

……어떻게 돌아가고 있었는지 알 것 같군.

내 입장에서는 힘든 일을 하나 던 거니까 좋은 일이지.

"그래서."

가장 힘든 일은 지금부터 시작이겠지만.

나는 가소롭다는 듯한 미소를 짓고 세희에게 묻고 있는 냥이를 바라보았다.

"시집온 지 하루도 안 된 며느리 같은 녀석이 시어머니를 불러 자기는 일 때문에 바쁘니 자기네 김장 좀 대신 해 달라는 부탁을 내가 왜 받아들여야 하느냐?"

반대로 생각해도 끔찍한 예시를 든 냥이가 말을 이었다.

"멍청하긴 하나 자신이 편리한 쪽으로는 머리가 잘 돌아가는 저 무지한 것의 생각대로, 지난 5천 년간 내게 알게 모르게 빚을 진 대요괴들의 수는 적지 않다. 내 진심 어린 청이라면 몇몇은 못 이긴 척, 다른 몇 놈들은 꿍꿍이를 숨기고서 들어주겠지. 허나, 그렇다 한들 내가 그치들에게 고개를 숙이고 들어갈 이유는 없을 것이니라. 혹여나, 내 사랑스러운 흰둥이의 부탁으로 내 마음을 돌릴 생각은 하지도 말거라. 이것은 내 입장과도 관계가 있는 일이니, 아무리 우리 곱디곱고 귀하디귀한 흰둥이의 눈물 섞인 부탁이라 해도 들어줄 생각이 없다."

하지만 그것과 별개로 어제 세희가 말했던 부분과 정확히 일치해서 살짝 혀를 내둘렀다.

평소라면 지금처럼 여유롭게 관망하고 있을 상황이 아니었겠지만, 잠들기 전에 세희가 말했지.

냥이를 설득하는 일을 자신에게 맡기라고.

"주인님께서 오셨으니 직접 물어보시면 됩니다."

냥이가 고개를 돌려 나를 바라보았다. 그에 따라 가족들의 시선이 내게 집중됐다.

당황해서 입이 떡 벌어진 내게 말이지!

속였구나, 세희!

하지만 이미 엎질러진 물.

나는 어떻게든 그럴듯한 방법을 찾기 위해 머리를 굴리며,

조금이라도 시간을 벌기 위해 입을 열었다.

"아니, 그게……."

그런다고 좋은 생각이 떠오를 리가 없지요!

잠들기 전에 생각한 건 나래와 세희에게 어떻게 고마운 마음을 표현할지에 대한 것뿐이었으니까.

"그러니까……."

나래는 한숨을 쉬었고 랑이는 고개를 갸웃거렸으며 치이는 역시 오라버니인 거예요, 같은 반론이 불가능한 혼잣말을 했다.

그나마 다행인 건.

"주인님께서 아직 잠에서 덜 깨신 것 같으니 제가 대신 말씀해 드리지요."

이 모든 것이 장난이었다는 듯이 세희가 슬쩍 다시 가족들의 관심을 자신에게 돌렸다는 거다.

……성격 한번 끝내주는 세희가 말했다.

"주인님께서 어제 말씀하시길, 만약 냥이 님께서 당신의 부탁을 들어주신다면 그에 합당한 마음의 선물을 냥이 님께 드릴 것이라 말씀하셨습니다."

"하! 선물? 지금 선물이라 하였느냐?"

냥이가 눈썹을 꿈틀거리며 말을 이었다.

"뇌물을 말하려던 게 아니고?"

랑이가 날이 바짝 선 자신의 언니에게 진정하라는 뜻으로 오른손으로 꾸욱꾸욱 잡아당기며, 고개를 돌려 다른 왼손에 쥔 뭔가에 눈길을 주고 있을 때.

"성린."

"응?"

"뇌물이 무엇인가요?"

"뇌물은 안에 있는 물건을 말해."

"그렇군요."

"응."

성의 누나가 성린에게서 잘못된 지식을 받아들이고 있었다. 잘은 모르겠지만, 성린이 말한 건 내물(內物)이 아닐까. 나는 모르는 단어지만, 한자의 뜻을 생각해 보면 그게 가장 맞는 것 같으니까……가 중요한 게 아니지.

성의 누나에게 올바른 지식을 전해 주기 위해 눈처럼 차가운 분위기 속에서도 입을 열려고 했을 때.

"뇌물이란 공적인 직위에 있는 사람을 매수하여 사사로운 일에 이용하기 위하여 넌지시 건네는 부정한 돈이나 물건을 뜻하는 것입니다. 냥이 님."

세희가 내 역할을 대신해 주며 성린의 입을 삐쭉 나오게 만들었다.

"괜찮아요, 성린. 성린은 아직 어리잖아요."

살짝 기분이 상한 성린은 성의 누나가 달래 주었지만 냥이의 기분은 아무리 사랑하는 여동생이라도 무리였던 것 같다.

"찌개가 끓어 넘치는 것을 보라 했더니 냄비 브랜드나 신경 쓰는 짓이로구나."

하지만 세희는 냥이의 기분 같은 건 상관없다는 듯 소매에 손을 집어넣으며 말했다.

"냥이 님. 일단 주인님께서 마련한 선물을 한 번이라도 보고 말씀을 나누는 게 어떻겠습니까?"

"그런다고 내가……."

그때.

"허……."

세희가 소매에서 무언가를 꺼내자 냥이는 하던 말을 멈추고 진심 어린 감탄사를 내뱉었다.

그 모습을 보며 승리자의 미소를 지은 세희가 말했다.

"냥이 님을 위해 특별 제작한 이 낚싯대를 말이죠."

그렇다.

냥이를 그렇게까지 놀라게 만든 건, 다름 아닌 한 자루의 낚싯대였다.

낚시에 대해 문외한인 내가 보기에도 평범해 보이지 않는 낚싯대 말이지.

뭐랄까, 낚싯대 자체에서 빛이 난다고 할까? 한 눈에 봐도 평범한 낚싯대가 아닌 것처럼 느껴진다.

[오오, 영롱한 광채임.]

"저런 건 처음 보는 거예요."

그건 치이와 페이도 마찬가지인지, 두 눈이 휘둥그레져선 낚싯대에서 눈을 떼지 못하고 있다.

"으냐앗? 처, 처음 보는 건데 뭔가 익숙한 느낌이 드는 것 같으니라~."

랑이는 뭔가 어색하게 말했고.

"······저게 어떻게 낚싯대라는 거야?"

나래는 어이가 없다는 듯 세희가 손에 든 낚싯대를 바라보았다.

그 시선에 나름 만족해하던 세희가 입을 열었다.

"보면 아시겠지만, 이건 평범한 낚싯대가 아닙니다."

모두가 고개를 끄덕인 것을 본 뒤, 세희가 말을 이었다.

"안주인님의 머리카락으로 만든 낚싯줄과 청룡의 역린을 갈아 만든 낚싯바늘. 낚싯대는 현무의 등껍질을 재료로 삼았으며, 릴 시트는 삼천 년 묵은 지네 요괴가 신령(神靈)이 되기 직전 탈피했던 껍질을 이용해 만들었습니다."

······왜 랑이가 익숙한 느낌이 난다고 했고 나래가 경악했는지 알 것 같군.

저게 어떻게 낚싯대야?! 웅녀의 뼈 몽둥이 같은 신물(神物)이지!

"감히 말씀드리옵건대, 이 낚싯대와 냥이 님의 솜씨라면 깊은 연못 속에서 승천할 때를 기다리며 똬리를 튼 이무기라도 낚을 수 있을 거라 생각합니다."

냥이는 살짝 얼이 나간 것 같은 모습으로 고개를 끄덕였다가 이내 휙휙, 고개를 흔들었다.

"그, 그런다고 내가 넘어갈 것 같으냐?!"

낚싯대에서 눈을 떼고 말했다면 조금이라도 설득력이 있었을 텐데 말이지.

정말 가지고 싶었던 장난감이 부모님 손에 있는 것을 바라보는 어린아이처럼, 냥이의 눈은 낚싯대에서 떨어지지를 않았다.

세희가 왼쪽, 오른쪽, 낚싯대를 흔들었을 때도 말이지.

……고양이하고 놀아 주는 것도 아니고 말이야.

하지만 장난도 정도껏 쳐야 된다는 것을 알고 있는 세희는, 이내 낚싯대를 두 손으로 공손히 들고서는 냥이에게 바치며 말했다.

"한번 잡아 보시겠습니까?"

"……."

"그저 한번 잡아 보는 겁니다. 그것만으로 냥이 님께 해가 될 일은 없겠지요."

부들부들 떨리는 냥이의 손이 자연스럽게 낚싯대를 향한다.

그 모습을 보며 세희는 유혹에 성공한 악마 같은 미소를 지었지만.

"되, 되었다!"

그 미소는 그리 오래가지 않았다.

"그렇게 되면 내 욕망을 거부할 수 없을 것 같으니."

냥이가 두 눈을 불끈 감고 부르르 떨리는 손을 거두었으니까.

"네 놈의 수완이 좋다는 것은 인정하다만, 그런다고 내가 속물처럼 넘어갈 것 같으냐…… 앗!"

방 안에 깜짝 놀란 냥이의 목소리가 울려 펴졌다.

랑이가 낚싯대를 받아 냥이의 손에 억지로 움켜쥐어 준 것이다!

"희, 흰둥아, 지금 무슨 짓을……."

"어쩔 수 없는 일이었느니라, 검둥아."

……이야기하는 것만 듣고 있으면 랑이가 무슨 등 뒤에서 손톱으로 쿡 찌른 것 같네.

"나는 꼭 보고 싶으니라. 검둥이가 이 낚싯대를 들고 바다에 나가서 대어를 낚는 모습을 말이니라."

"그렇다 한들……."

자신의 손에 들린 낚싯대와 사랑하는 여동생을 번갈아 보는 냥이의 눈동자는 격하게 흔들리고 있었고, 랑이는 그 점을 놓치지 않고 바짝 다가가서 속삭이듯 말했다.

"분명 그 모습은 온 세상에 검둥이가 내 언니라고 자랑할 정도로 멋질 것이니라. 안 그래도 자랑할 게 많아 곤란한 내 언니이지만, 그것만큼 멋진 모습은 또 없을 것 같으니라."

어, 음.

랑이야, 너 언제부터 그렇게 사람의 아픈 곳을 잘 찌르게 됐냐?

뭔가 이상해서 잘 살펴보니까…….

랑이의 왼손이 있던 부분에 떨어져 있는, 뭔가 빼곡히 적혀 있는 쪽지가 보였다.

나는 고개를 돌렸고, 세희는 입가에 성격 안 좋아 보이는 미소를 지었다.

우와. 무서워.

진짜 무서워.

모든 걸 빈틈없이 계획한 세희의 치밀함이 무서워.

"그러니 부디 이 낚싯대로 검둥이의 솜씨를 보여 주는 걸 피하지 말아 주어라."

"……그, 그렇게까지 말하면 어쩔 수 없구나."

덫에 걸린 사냥감은 그렇게 자신의 운명을 받아들였다.

"고마우니라, 검둥아!"

"되었다, 이것아. 동생이라고 있는 것이 언니를 곤란하게 만들려고 수작을 부리고서 고맙다 말해도 기쁘지 않으니라."

냥이의 날카로운 지적에 랑이는 붉게 물든 볼을 긁적이며 머쓱하다는 듯 말했다.

"에헤헷. 알고 있었느냐."

"짐작은 했으나 확신은 없었느니라."

푸욱, 깊은 한숨을 내쉰 냥이가 자신에게 볼을 비비며 애교를 떠는 여동생에게서 고개를 돌려 나를 바라보며 말했다.

"오냐, 내 이번에는 네 뜻대로 춤추는 광대가 되어 주겠느니라."

낚싯대를 꽈악 손에 쥐고서 말이지.

낚싯대를 **꽈악** 손에 쥐고서 말이지!

……어지간히도 마음에 들었나 보군.

"고맙다."

나는 고개를 숙여 감사의 뜻을 전했고, 이것으로 냥이를 설득한다는 큰 산은 넘었다.

"그래서?"

하지만 산이 하나라는 건 아니죠.

"나는?"

두 개의 높고 부드러운 산에 내 팔을 품으신 나래 님께서 말씀하셨습니다.

"아무것도 없어?"

기대에 찬 눈으로 바라보는 나래에게, 나는 말했다.

"내 진심 어린 애정?"

"……."

여기가 안인지 밖인지 모르겠군.

춥다, 추워.

등골이 다 시리네.

"그런 건 평소에도 많이 받고 있거든?"

어설프게 넘어가는 건 무리겠군.

그래서 난 사실대로 말했다.

"……제게 조금 더 생각할 시간을 주시면 감사하겠습니다."

난 말 안 했다?

내가 찾은 답을 실천한다고는 말 안 했어?

세희의 말대로 내 쪽에서 스킨십을 하면서 사랑 고백을 하는 게 가장 좋은 방법이라는 결론이 나왔지만, 그러기에는 제 각오가 부족합니다!

후폭풍이 무섭다고!

그래도 다행인 건.

"알았어. 기대할게."

상냥하신 나래 님께서 제 사정을 봐주셨다는 겁니다.

휴우~ 한숨 돌렸군.

세희의 눈매가 초승달처럼 휘는 걸 봐서, 아직 넘어야 할 평야가 하나 더 있는 것 같지만…….

내일은 내일의 해가 뜨듯이, 지금은 새롭게 펼칠 정책을 정했고, 그게 받아들여졌다는 것에 만족하자.

그렇게 생각했을 때.

"크응. 나 하나만 물어봐도 돼, 아빠?"

아야가 눈치를 살피며 내게 물었다.

나는 당연히 고개를 끄덕였고, 아야가 말했다.

"다들 사이좋게 지낼 수 있게 학교를 만든다고 무섭이에게 들었는데."

아야가 다시금 고개를 끄덕인 내게 말했다.

"아빠라면 학교에 가는 요괴들이 본받을 만한, 크응, 그러니까 일종의 모범생 같은 애들이 필요할 것 같다고 생각했을 것 같은데……."

또 다시 고개를 끄덕인 내게, 아야가 조심스럽게 물었다.

"혹시 우리들도 그 학교에 보낼 생각이야?"

나는 시원스럽게 대답했다.

"당연하지."

그 순간.

"으냐앗?! 정말이느냐? 성훈이하고 학교에 다시 가는 것이느냐?!"

"꺄우우우, 오라버니하고 같이 가는 건가요?!"

[학교에서 미소녀연애시뮬레이션 게임 실황할 수 있겠음! 남주는 성훈임!]

"벼, 별로 가고 싶지 않지만 아빠가 가 달라고 하면 어쩔 수 없네, 키히힝~."

랑이와 치이와 페이와 아야가 기대감에 부푼 모습을 보였다.

음.

이거 좀 말하기 곤란한 분위기가 됐네.

그래도 어쩔 수 없지.

아이들이 오해하고 있도록 놔둘 수는 없으니까.

"무슨 소리야?"

그래서 나는 아이들에게 진실을 말해주었다.

"나는 안 갈 건데."

그리고.

""""""에에에에

에에엣?!"""""

끝마치는 이야기

작가의 끼적끼적

안녕하세요, 죽지도 않고 또 다시 돌아온 카넬입니다.
다들 안녕하신지요.
이렇게 많은 독자님들께서 예상하신 대로 3부로 다시 뵙게
되었습니다.

……괜찮은 걸까.
3부까지 나와도 괜찮은 걸까.

걱정이 한가득이었습니다만, 편집부를 통해 많은 독자님들
께서 괜찮다 생각하고 계신다는 이야기를 듣고 키보드를 두
드릴 수 있게 되었습니다.
정말 감사합니다.
사실 저도 하고 싶은 이야기가 아직 남아 있었거든요. 부모
된 입장에서, 아이들이 결혼해서 행복하게 사는 모습은 보고

싶었으니까요. 손자 손녀와 함께.

　……부모님, 죄송합니다. 골방에서 혼자 썩어 가고 있는 못난 아들이라서 죄송합니다.

　분위기를 바꿔서.

　드디어 겨울이 왔습니다.
　덕분에 아이들에게 따뜻한 옷을 입힐까, 아니면 여름옷 그대로 갈까 고민을 정말 많이 했는데요.
　오랜 고민 끝에, '따뜻한 옷 = 노출이 적어진다 => 그건 내 눈에 흙이 들어가도 안 돼! 여름옷으로 간다!' 라는 결론이 나왔습니다.
　그리고 이 사실을 전해들은 영인 님께서 직접 아이들의 겨울옷을 디자인해 주시는 것으로 무지몽매한 저를 깨우쳐 주셨습니다.

　영인 님 만세!

　그래도 아이들이 추워 보인다 생각할 수 있으시겠지만, 걱정 마세요!
　요술이 있으니까요!

그동안 집안일에 휘둘리고 수습하기 바빴던 성훈이 슬슬 세상을 향한 발걸음을 옮기기 시작했습니다. 3부에서 어떤 미친 짓, 아니, 정신 나간 짓을 보일지 기대해 주세요.

그럼 마지막으로.

독자님들께 감사의 인사를 드립니다.

언제나 감사드리고 있습니다. 제가 지금까지 나와 호랑이님을 쓸 수 있는 것은 독자님들의 과분한 사랑 덕분이라는 것을 잊지 않고 있습니다.

독자님들의 사랑을 조금이라도 보답할 수 있도록 열심히 노력하겠습니다.

……최, 최대한 다음 권 빨리 쓸게요!

그럼 부디 다음 이야기에서 또 뵙기를 바라며, 이만 줄이겠습니다.

모두 건강하세요.

───── ◆본 작품의 의견, 감상을 기다리고 있습니다◆ ─────

보내실 곳 _

서울시 구로구 디지털로 26길 111 JnK디지털타워 503호
우편번호 08390
(주) 디앤씨미디어 시드노벨 편집부

카넬 작가님 앞
영인 작가님 앞

카넬 시드노벨 저작 리스트

나와 호랑이님 20

초판 1쇄 발행 2019년 5월 1일

지은이_ 카넬
발행인_ 신현호
편집장_ 이환진
책임편집_ 유석희
편집부_ 유석희 송영규
편집디자인_ 한방울
국제부_ 정아라
영업 · 관리_ 김민원 조인희

펴낸곳_ (주) 디앤씨미디어
등록_ 2002년 4월 25일 제 20-260호
주소_ 서울시 구로구 디지털로 26길 111 JnK디지털타워 503호
전화_ 02-333-2513(대표)
팩시밀리_ 02-333-2514
E-mail_ seednovel@dncmedia.co.kr
홈페이지 www.seednovel.com

값 7,200원

©카넬, 2019

ISBN 979-11-6145-225-8 04810
ISBN 979-11-956396-9-4 (세트)

월영신 지음
JOSI 일러스트

천하제일 이인자 1

내 인생을 바꿔 준 그녀의 한마디

"조금 더 일찍 당신을 만났더라면 좋았을 텐데."

만신창이었던 인생에 단 하나의 빛이었던 그 한마디……
그래서 기연과 전생의 기억을 이용해
필사적으로 찾았다.
찾았는데……?

"이 금수만도 못한 자식아! 두 자리 수는 찍으란 말이다!"
"아, 색시 나이가 지금 아홉 살이었구나……"

너무 과거로 돌아왔다?!

**마음에 둔 색싯감을 얻기 위한 종횡무진
지치지 않는 신랑 수업의 끝은 과연 어디인가!**

시드
북스